W0397882

Titre original :
Jigoku Shôjo, vol. 2

First published in Japan in 2006
by Kodansha Ltd., Tokyo
French publication rights arranged
through Kodansha Ltd., Tokyo

Traduction et adaptation : Xavière Daumarie
Création d'illustrations : David Cochard
Édition française
2008 Pika Édition
ISBN : 978-2-84599-916-9
Dépôt légal : septembre 2008
Imprimé en Italie par L.E.G.O. S.p.A. Lavis TN
Diffusion : Hachette Livre

AÏ JOUE TOUTE SEULE...
PLAF PLAF
SORTIR LE POISSON DE L'AQUARIUM, JUSTE POUR VOIR...
JOUER AUX BILLES...
...
JOUER AUX DOMINOS AVEC LES POUPÉES DE PAILLE...
MADEMOISELLE !
TROP MÉCHANTE !
J'EN AI MARRE !
CE CHER HAJIME
PRÉCIPITER LES GENS EN ENFER, C'EST MAL !
M'ENFIN, HAJIME !
C'EST CLAIR !
IL ME GAVE, CELUI-LÀ...
IL OSE ESSAYER D'EMPÊCHER QU'ON PRÉCIPITE LES GENS EN ENFER !
MÊME QUAND LA SITUATION TOURNE MAL, J'AI PAS LE DROIT À MON "VEUX-TU GOÛTER À LA MORT ?", C'EST DINGUE, NON ?!
À CAUSE DE SES ÉLUCUBRATIONS, ON ME VOIT MOINS !
C'EST POURTANT MA SCÈNE CLÉ, ÇA ! BOUDIOU !
PEUH
Y A PAS, FAUT QUE JE LE BUTE !
À CAUSE DE ÇA ?!
À suivre...

AMIES
DÉPÊCHEZ-VOUS DE M'ENLEVER ÇA !
LAISSONS-LE LÀ ENCORE UN PEU !
HEIN ?!
CHUCHOTE
TROP MARRANT !
MA...
MADE-MOI-SELLE ?!
RÉSEAU
VENEZ PROFITER DE NOTRE PROMOTION EXCEPTIONNELLE ! UNE OFFRE À NE PAS MANQUER POUR TOUS CEUX QUI ONT UN ORDINATEUR !
DEUX MOIS GRATUITS !
NOTRE COMPAGNIE EST LA NUMÉRO UN POUR LA RAPIDITÉ DU WIFI !
EN CE MOMENT, LES PRIX SONT AUSSI TRÈS ATTRACTIFS !
CEPENDANT, IL EXISTE PLUSIEURS ZONES QUI NE SONT PAS ENCORE COUVERTES PAR NOTRE RÉSEAU...
BLA BLA BLA BLA
DITES-MOI... OÙ HABITEZ-VOUS ?
EN ENFER.
VOUS VOYEZ... ?
AH... L'ENFER EST HORS RÉSEAU...
C'EST DOMMAGE !
AH BON... ?

E-MAILS PROBLÉMATIQUES...

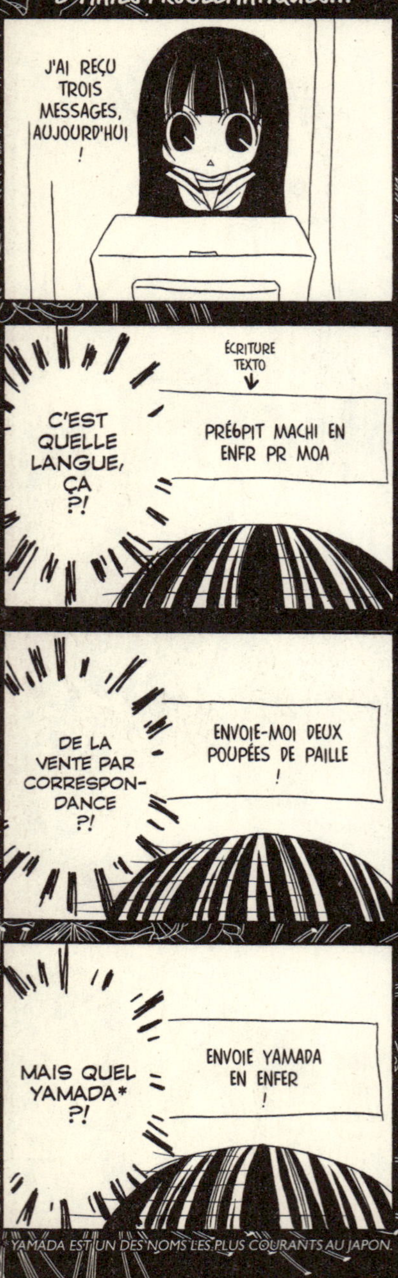

* YAMADA EST UN DES NOMS LES PLUS COURANTS AU JAPON.

PIÈGE SUCRÉ

LA VÉRITÉ DÉVOILÉE : LA FEMME SQUELETTE EST UNE SADIQUE !

WANYÛDÔ - L'HOMME CHARIOT
BONJOUR !
OH !
C'EST TON GRAND-PÈRE, ENMA ?
IL EST CLASSE !
ALORS... C'EST TON PÈRE ?
NON PLUS ?
AH NON ?
NON NON
C'EST MON CHARIOT...
...
AHEM
T'ES NÉE EN QUELLE ANNÉE, TOI ?!
SON CHARIOT... ?
BAH QUOI ? EN VÉRITÉ, T'ES UNE VOITURE, NON ?
MADEMOISELLE...
HONE ONNA - LA FEMME SQUELETTE
JE SUIS LA FEMME SQUELETTE, C'EST MOI QUI AI LE RÔLE SEXY !
AAAAAH
REVIENS ICI !
EN FAIT, TOI...
T'AS LE RÔLE DE LA SURPRISE QUI FAIT PEUR...
GAAAAAH

E-MAIL
TU AS UN MESSAGE...
AÏ...
?
?
AÏ, TU N'ES DÉCIDÉMENT PAS DOUÉE AVEC LES ORDINATEURS...
ELLE NE SAIT PAS COMMENT ON LIT LES E-MAILS !
OUPS
Tous vos messages ont été effacés !
ELLE VA SAUTER !
BOUDIOU !
POURQUOI ELLE NE VIENT PAS ?!
KYAAAH
NE FAITES PAS ÇA !
ICHIMOKUREN - L'HOMME À L'ŒIL
JE VAIS ALLER ME FAIRE COUPER LES CHEVEUX !
...
MES CHEVEUX SONT SUPER RAIDES...
QU'EST-CE QUE VOUS VOULEZ COMME COIFFURE ?
ALORS, QUELQUE CHOSE AVEC DU VOLUME SUR LE DESSUS !
LE DESSUS
LOOK
IMPOSSIBLE !

BIENVENUE EN ENFER !
UUUH...
MADE-MOISELLE, RÉVEILLEZ-VOUS ! C'EST L'HEURE !
GROGNE
GOÛTE À LA MOOORT...
RZZZZ
SI JE LA RÉVEILLE, ELLE ME TUE ?!
JE T'AVAIS DEMANDÉ DE ME RÉVEILLER !
J'SUIS ENCORE EN RETARD
ELLE VA QUAND MÊME ME TUER !
LA FILLE DES RETARDS EST AMOUREUSE.
JE SUIS EN RETARD ! JE SUIS EN RETARD !
TAP
TAP
AH !
BOUM
SPLOSH
MON CŒUR FAIT BOUM...
VOUS CROYEZ QUE C'EST LE MOMENT DE VOUS LANCER DANS UNE COMÉDIE ROMANTIQUE ?!
GRRRR
EN PLUS, DANS LES COMÉDIES ROMANTIQUES, D'HABITUDE, C'EST UN PETIT PAIN !
GULP

COURAGE !
PETITE AÏ
LA FILLE DES RETARDS
BONJOUR, JE SUIS AÏ ENMA.
EMMENER LES MÉCHANTS EN ENFER EST MA MISSION.
M'ENFIN, MADEMOISELLE !
RÉVEILLEZ-VOUS !
MÉCHANT
MAIS CES DERNIERS TEMPS, JE REÇOIS TELLEMENT DE DEMANDES QUE JE MANQUE CRUELLEMENT DE SOMMEIL.
Vous avez 57 messages !
PAUV' OMB... 'GARÉE (...) FAIS LE MAL... M'PRISES... PROCHAIN...
ELLE MÂCHOUILLE SES MOTS !
DU COUP, J'ARRIVE EN RETARD.
DÉSOLÉE !
T'ARRIVES TROP TARD !
M'FIN BREF, À LA MORT...
TU VOIS LE TOPO, ALORS, GOÛTE À LA MORT...
ELLE COMATE...
RZZZ

EST-CE QUE J'ARRIVERAI À RECOMMENCER À ZÉRO TOUTE SEULE ?
COLLÈGE POUR JEUNES FILLES
EST-CE QU'UN JOUR...
JE SERAI FORTE...
ET JE RÉUSSIRAI À ME FAIRE UNE VÉRITABLE AMIE... ?
GWIP
TSAC
BONJOUR !
À suivre...

AU FINAL, TU NE M'AURAS JAMAIS VRAIMENT CONSIDÉRÉE COMME TON AMIE...
C'EST...
TA PROPRE FAIBLESSE QUI A PROVOQUÉ TOUT CECI.
BDUM
MA FAIBLESSE... ?
C'EST VRAI, JE ME SUIS TOUJOURS TROP REPOSÉE SUR HITOMI POUR PRENDRE LES DÉCISIONS À MA PLACE...
POUR QUE CECI NE SE REPRODUISE JAMAIS...
DEVIENS FORTE ET FAIS-TOI DE VRAIES AMIES.

VEUX-TU... GOÛTER À LA MORT ?
HITOMI... C'EST TROP HORRIBLE...

LA PERSONNE DONT LE NOM A ÉTÉ INSCRIT SERA PRÉCIPITÉE EN ENFER...
DE MÊME QUE LE SERA, APRÈS SA MORT, CELLE QUI A ÔTÉ LE FIL.
SI TU AS PEUR D'ÊTRE TRISTE TOUTE SEULE...
ON SERA AMIS AVEC TOI !
HIIII
PAUVRE OMBRE ÉGARÉE DANS LES TÉNÈBRES...
TU FAIS LE MAL ET MÉPRISES TON PROCHAIN... TON KARMA EST SOUILLÉ PAR LE CRIME...
NUL NE PEUT BRISER CE PACTE INFERNAL.
ZAAAM

QUE LA VEN-GEANCE...
S'ACCOM-PLISSE !
HITOMI !
HUH...
OÙ...
OÙ SUIS-JE... ?
TU ES EN ENFER.
EN ENFER... ?!
MAIS CE SONT LES ÉLÈVES DE MA CLASSE QUE J'AI MAUDITS...
RA-MÈNE-MOI D'OÙ JE VIENS !

DE VRAIES AMIES... ?
ALORS ...
GWIP
FAIS-LE !
NON !
SI ON FAIT ÇA, ON IRA TOUTES LES DEUX EN ENFER !
AH

QUE FAIRE ?
BD
SI J'ÔTE LE FIL, HITOMI SERA ENVOYÉE EN ENFER !
ET PUIS...
SI J'ÔTE LE FIL...
MOI AUSSI, J'Y SERAI PRÉCIPITÉE...
ALORS...
JE NE PEUX PAS...
HEIN ?!
QU'EST-CE QUE TU RACONTES ?!
DIS... AZUSA !
ON EST AMIES, NON ?
SWUP
JE T'EN SUPPLIE !
TU VAS LE FAIRE POUR MOI, HEIN ?
A...
AMIES...

JE VAIS ME SERVIR DE ÇA POUR JETER UNE MALÉDICTION SUR TOUTE LA CLASSE !
J'AI MÊME APPORTÉ DES CLOUS !
?!
EUH... ÇA NE MARCHE PAS AVEC DES CLOUS... IL FAUT ENLEVER CE FIL...
AH BON ?
DANS CE CAS...
GWIP
MAIS QUOI, À LA FIN ?!
ATTENDS !
EUH... JE CROIS QU'IL FAUT QUE CE SOIT MOI QUI ÔTE LE FIL...
HEIN ?
BAH ALORS DÉPÊCHE-TOI !
GWIP
MAIS...
MAIS QUOI ?! TOUTES LES ÉLÈVES DE LA CLASSE M'IGNORENT, TU COMPRENDS ÇA ?!
TU DOIS M'AIDER !

GWIP
PARDON, AZUSA...
J'AI ENFIN COMPRIS !
TU ES MA SEULE VÉRITABLE AMIE, AZUSA.
HITOMI...
YUKARI, TOMOYO...
ET PLUS PERSONNE DANS LA CLASSE NE VEUT M'ADRESSER LA PAROLE.
HEIN... ?
HITOMI... ?
AH
HITOMI, POURQUOI AS-TU ÇA... ?!

C'EST HITOMI. JE VOUDRAIS QU'ON SE VOIE...
HITOMI... ?
QU'EST-CE QUE ÇA VEUT DIRE ?!
TAP
JE SUIS DÉSOLÉE POUR TOUT CE QUI S'EST PASSÉ...
ET J'AIMERAIS QU'ON REDEVIENNE AMIES...
ELLE A COMPRIS QUE C'ÉTAIT UN MALENTENDU !
はあ
HUFF
はあっ
HUFF
AZUSA...

ÉCOUTE ÇA !
あははは
HA HA HA HA
TU ME LE MONTRES ?
DIS DONC !
AZUSA, TA FIÈVRE EST RETOMBÉE ?
OUI...
ピ
DRRRRING
HEIN... ?

TU NE CROIS PAS...
QUE TU TE COMPORTES VRAIMENT COMME UNE ORDURE, SEKINE ?
C'EST À CAUSE DE ÇA QUE YOSHIKAWA NE PEUT PLUS VENIR EN COURS...
LA PAUVRE !
DING
DONG
Planning de la colonie de vacances à la montagne
ON VA BIENTÔT PARTIR EN COLONIE DE VACANCES À LA MONTAGNE !
BLA
ON FAIT COMMENT POUR LA RÉPARTITION EN GROUPES ?
BLA

DONG
DING
BON ALORS...
QU'EST-CE QU'ON POURRAIT FAIRE MAINTE-NANT POUR ÉCRASER CETTE MINABLE ?
DIS... TU NE CROIS PAS QUE TU ES ALLÉE UN PEU LOIN AVEC LES CARTES ET LES PURIKURA DE L'AUTRE FOIS ?
BIEN SÛR QUE NON ! PUISQUE LES GARÇONS LA METTENT MAL À L'AISE, ÇA VA L'IMMUNISER !
SAUF QU'IL PARAÎT QU'AZUSA EST ALLÉE VOIR LA POLICE, TU SAIS ?!
QUOI ?!
C'EST PAS VRAI... T'ES SÉRIEUSE ?!
ÇA CRAINT, NON ? IMAGINEZ QU'ON SOIT ENVOYÉES EN CONSEIL DE DISCIPLINE !
ET SI AZUSA MANQUE LES COURS, C'EST PEUT-ÊTRE QU'IL LUI EST ARRIVÉ QUELQUE CHOSE DE GRAVE, TU NE CROIS PAS ?
CLANG
CLANG
DÉSOLÉE MAIS NOUS, ON NE VEUT PAS ÊTRE MÊLÉES À ÇA !
SI TU VEUX CONTINUER, HITOMI, FAIS-LE TOUTE SEULE !
HEIN... ?
SEKINE !
ON A ENTENDU TOUTE VOTRE CONVERSA-TION...
C'EST VRAI CE QU'ELLES ONT DIT ?

EN VÉRITÉ, JE SUIS SOULAGÉE DE NE PAS AVOIR ENVOYÉ HITOMI EN ENFER.
J'AIMERAIS QU'ON PARLE ET QU'ON SE RÉCONCILIE...
JE FERAI TOUT CE QU'IL FAUDRA POUR CORRIGER MES DÉFAUTS...
YOSHI-KAWA EST ABSENTE ?
INCROYA-BLE... C'EST LE RÉSUL-TAT DE MA MALÉDIC-TION ?!
MAIS ELLE NE VA QUAND MÊME PAS EN MOURIR... ?
BOF, JE N'AI PAS À M'EN FAIRE. DE TOUTE FAÇON, TOUT EST DE LA FAUTE D'AZUSA.

VENIR DANS UN TEMPLE IMPLORER LES DIEUX DE MAUDIRE QUELQU'UN, IL Y A DE L'IDÉE, MAIS AVEC UN VULGAIRE CLOU AU LIEU DU CLOU RITUEL DE 15 CM...
ELLE N'IRA PAS LOIN...
ATTENDEZ...
MADEMOISELLE ?
LAISSONS-LE ICI ENCORE UN PEU.
KOFF
KOFF
KOFF
AZUSA A PRIS FROID ?
OUI...
CETTE FIÈVRE... ET LE FAIT QUE LA POUPÉE VAUDOUE AIT DISPARU SONT SÛREMENT DES SIGNES...

QUELLE SALE PESTE !
MOI AUSSI, JE VAIS TE MAUDIRE !
QUAND JE PENSE QUE TU ES INCAPABLE DE FAIRE QUOI QUE CE SOIT TOUTE SEULE...
T'AURAIS JAMAIS DÛ...
CLONG
TOUCHER AU GARÇON QUE J'AIME !
CLONG
EH BIEN...
LES JEUNES D'AUJOURD'HUI N'Y CONNAISSENT VRAIMENT RIEN !
C'EST CLAIR !
GASH

CETTE DOULEUR À MON POIGNET… CE SERAIT À CAUSE DE CETTE MALÉDICTION… ?!
ELLE SE FICHE DE MOI ?!
SI C'EST COMME ÇA QU'ELLE VEUT LA JOUER, JE VAIS LUI APPRENDRE, MOI !
DONG
DONG
DING
CLANG
CLANG
ELLE N'EST PLUS LÀ…
BON SANG !
OÙ EST-CE QU'ELLE EST PASSÉE ?!

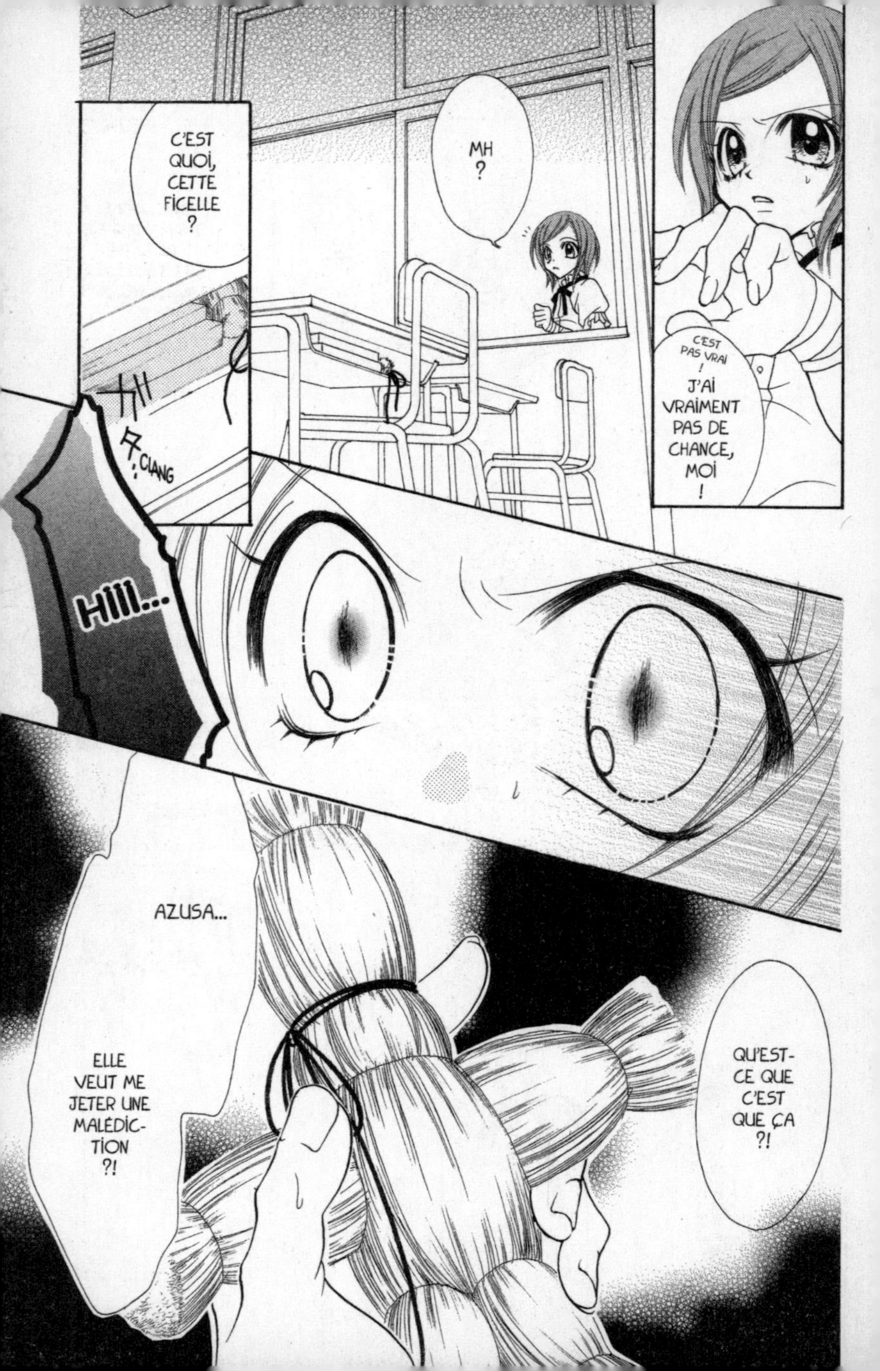
C'EST PAS VRAI ! J'AI VRAIMENT PAS DE CHANCE, MOI !
MH ?
C'EST QUOI, CETTE FICELLE ?
CLANG
Hiii...
QU'EST-CE QUE C'EST QUE ÇA ?!
AZUSA...
ELLE VEUT ME JETER UNE MALÉDICTION ?!

ENVOYER HITOMI EN ENFER, COMME ÇA... EST-CE VRAIMENT CE QUE JE VEUX ?
DÉCIDÉMENT, C'EST BIZARRE !
QU'EST-CE QU'IL Y A, HITOMI ?
DEPUIS CE MATIN, J'AI TRÈS MAL AU POIGNET...
AH BON ?
VA À L'INFIRMERIE !
OUI...
JE VOUS REJOINS !
INFIRMERIE
TU TE L'ES PEUT-ÊTRE FOULÉ...
JE VAIS LE BANDER, D'ACCORD ?
D'AC-CORD.
MERCI BEAU-COUP...
TSAC

ENVOIE HITOMI EN ENFER...
GWIP
MAIS...
RÉFLÉCHIS BIEN AVANT DE PRENDRE TA DÉCISION !
DEUX TOMBES POUR UNE MALÉDICTION...
JE PEUX ACCOMPLIR TA VENGEANCE, MAIS EN ÉCHANGE...
À TA MORT, TON ÂME AUSSI SERA PRÉCIPITÉE EN ENFER.
NOTRE PROCHAIN COURS EST EN SALLE DE SCIENCES, NON ?
DÉPÊCHONS-NOUS !
FRUSH
JE L'AI APPORTÉE AVEC MOI, MAIS...
JE NE SAIS PAS QUOI FAIRE...
CIANG

TU M'AS APPELÉE.
ENMA... ?!
C'EST TOI, LA FILLE DES ENFERS... ?
PRENDS CECI !
SI TU ÔTES CE FIL, LE PACTE SERA SCELLÉ...
ET L'ÊTRE QUE TU HAIS SERA IMMÉ-DIATEMENT ENVOYÉ EN ENFER.

ENVOYEZ HITOMI SEKINE EN ENFER, JE VOUS EN PRIE !

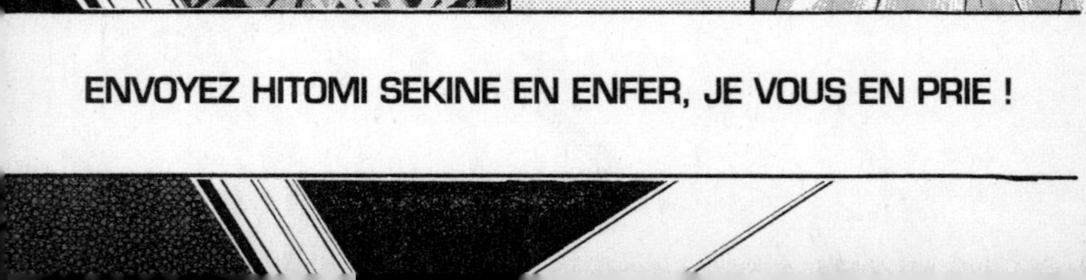

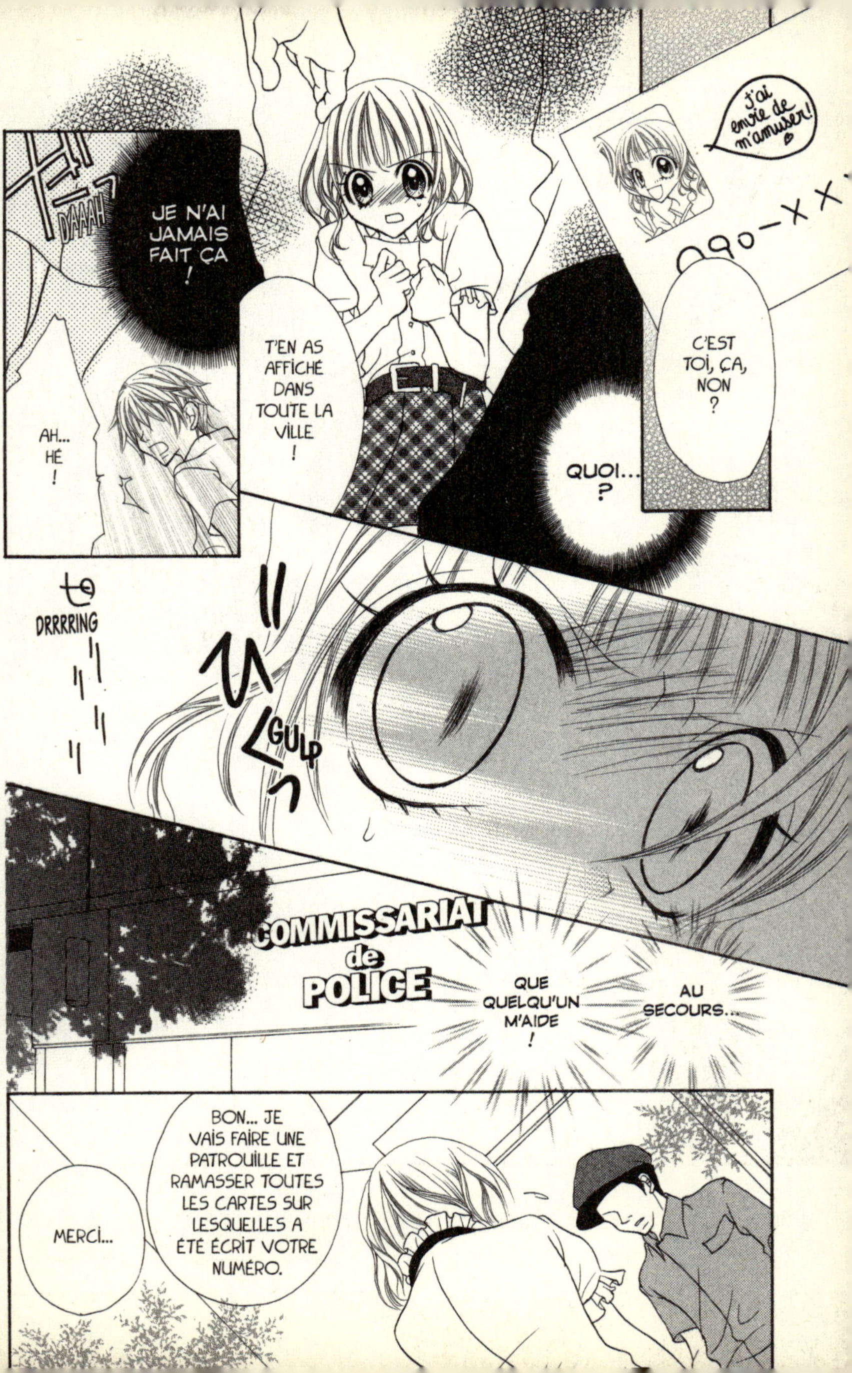
j'ai envie de m'amuser!
090-XX
C'EST TOI, ÇA, NON ?
QUOI... ?
T'EN AS AFFICHÉ DANS TOUTE LA VILLE !
JE N'AI JAMAIS FAIT ÇA !
D'AAAH
AH... HÉ !
GULP
DRRRRING
AU SECOURS...
QUE QUELQU'UN M'AIDE !
COMMISSARIAT de POLICE
BON... JE VAIS FAIRE UNE PATROUILLE ET RAMASSER TOUTES LES CARTES SUR LESQUELLES A ÉTÉ ÉCRIT VOTRE NUMÉRO.
MERCI...

GWIP
KYAAAH !
QUOI... ?
OÙ TU VEUX ALLER ?
QU'EST-CE QUE ÇA VEUT DIRE... ?!
TU VEUX T'AMUSER, NON ?
MAIS...
ARRÊTEZ...
HEIN ?
QU'EST-CE QUE TU RACONTES ?

PENDANT TOUT CE TEMPS, ELLE M'A VUE COMME UN BOULET... ?!
DRRRRING
HEIN... ?
UN NUMÉRO QUE JE NE CONNAIS PAS... ?
09049XXX
JE N'AIME PAS ÇA...
ÇA FAIT CINQ APPELS DE NUMÉROS DIFFÉRENTS...
QU'EST-CE QUI SE PASSE TOUT À COUP ?
AAAH !
C'ÉTAIT VRAI !
HEIN ?
ELLE EST MIGNONNE !
GULP

POUR QUI TU TE PRENDS ?!
TU OSES VENIR JUSQUE CHEZ MOI ?! TU ME DÉGOÛTES !
C'EST DU HARCÈLEMENT !
MAIS NON...
JE VEUX JUSTE QU'ON PARLE...
MAIS MOI, JE NE VEUX PAS !
TU ÉTAIS TOUT LE TEMPS, TOUT LE TEMPS...
EN TRAIN DE ME COLLER ! JE TROUVAIS ÇA INSUPPORTABLE !
ELLE TROUVAIT ÇA... INSUPPORTABLE... ?
J'AIMAIS TELLEMENT HITOMI... JE VOULAIS JUSTE QU'ON SOIT ENSEMBLE...
MAIS ELLE...

C'EST HORRIBLE...
POURQUOI TU AS FAIT ÇA ?!
GULP
TU AS DIT QU'ON SERAIT TOUJOURS AMIES...
C'ÉTAIT UN MENSONGE ?!
GWIP
ÉCOUTE, HITOMI...
LÂCHE-MOI !
BAM

QU'EST-CE QUE ÇA VEUT DIRE... ?
À CE SOIR !
TSAC
GULP
AZUSA... ?

ÉCHEC APPEL.
C'EST PAS VRAI...
ELLES ONT TOUTES BLOQUÉ MES APPELS... ?
TOUS MES MESSAGES ME REVIENNENT...
TIENS, TU ES LEVÉE DE BONNE HEURE, AZUSA !
OUI... JE PARS À L'ÉCOLE !
CUI CUI CUI
JE NE PEUX PAS LES JOINDRE SUR LEUR PORTABLE... ET À L'ÉCOLE, ELLES M'ÉVITENT...
JE VAIS ATTENDRE HITOMI DEVANT CHEZ ELLE.
AH
Jour du passage des ordures
BAH... ?
C'EST...
L'UN DES AGENDAS ASSORTIS QU'ON A ACHETÉS ENSEMBLE...
BDUM

AÏ ENMA ?
J'AI PAS ENVIE... ON NE S'EST MÊME JAMAIS PARLÉ...
BONJOUR...
ENMA... EST TOUJOURS TOUTE SEULE.
POF
ÇA NE LA GÊNE PAS... LA SOLITUDE ?
IL FAUT ABSOLUMENT QUE JE DISSIPE CE MALENTENDU AVEC HITOMI...

QUOI ?
ON VA FAIRE ÉQUIPE TOUTES LES TROIS.
DITES...
ÉCOUTEZ AU MOINS CE QUE J'AI À VOUS DIRE...
CHUCHOTE
BAH... QU'EST-CE QUI SE PASSE ?
CHUCHOTE
IL PARAÎT QU'ELLES SE SONT DISPUTÉES.
CHUCHOTE
HEIN... ?
CHUCHOTE
YOSHIKAWA A DRAGUÉ LE GARÇON DONT SEKINE ÉTAIT AMOUREUSE.
GWIP
CE N'EST PAS ÇA DU TOUT !
YOSHIKAWA, SI TU N'AS PAS DE PARTENAIRE...
VA FAIRE ÉQUIPE AVEC ENMA !
HEIN ?

HITOMI... ?! QU'EST-CE QU'IL Y A ?!
AZUSA... !
IL PARAÎT QUE TU VAS ALLER AU RESTAURANT EN TÊTE À TÊTE AVEC KAZUSHI ?
IL ÉTAIT TOUT CONTENT D'AVOIR REÇU UN MESSAGE DE TOI !
HEIN... ?
ON N'EST PAS CENSÉS... Y ALLER TOUS ENSEMBLE ?!
TU N'AS PAS HONTE DE FLIRTER AVEC LUI EN CACHETTE ?
TU SAVAIS POURTANT QU'HITOMI L'AIMAIT... C'EST MINABLE !
CIANG
MAIS CE N'EST PAS...
AH, ON A SPORT EN PREMIÈRE HEURE !
DÉPÊCHONS-NOUS !
CIANG
QU'EST-CE QUE JE VAIS FAIRE... ? ELLES SE SONT MÉPRISES SUR LA SITUATION... !
AUJOURD'HUI, ON VA FAIRE UN MATCH DE VOLLEY.
METTEZ-VOUS PAR DEUX ET ENTRAÎNEZ-VOUS À FAIRE DES PASSES !
DIS, HITOMI...
TAP

KAZUSHI
HEIN ?
POURQUOI JE REÇOIS UN MESSAGE DE KAZUSHI... ?
PANIQUE
PANIQUE
JE ME SUIS BIEN AMUSÉ, AUJOURD'HUI. J'AIMERAIS QU'ON AILLE MANGER QUELQUE CHOSE ENSEMBLE UN DE CES JOURS...
C'EST UNE INVITATION POUR QU'ON AILLE ENCORE S'AMUSER TOUS ENSEMBLE ?
CE SERAIT SUPER !
BIP
BIP
HOP, ENVOI !
JE N'Y TIENS PAS TELLEMENT, MAIS...
C'EST POUR HITOMI.
R JEUNES FILLES
CLANG
BONJOUR, LES FILLES...

TU VOIS ! IL EST COOL, HEIN ?
EUH... OUI.
EN PLUS, IL EST BEAU !
ET AU COURS DE PRÉPA, C'EST LE PLUS INTELLIGENT !
HITOMI EST VRAIMENT AMOUREUSE DE CE KAZUSHI...
AZUSA... ?
SI TU COMMENCES À SORTIR AVEC KAZUSHI...
TU PASSERAS TOUT TON TEMPS AVEC LUI...
QU'EST-CE QUE TU RACONTES ?!
MÊME SI J'AI UN PETIT AMI, RIEN NE CHANGERA ENTRE NOUS.
ELLE A RAISON...
JE FERAIS MIEUX D'ARRÊTER D'AVOIR DES PENSÉES IDIOTES ET D'ENCOURAGER HITOMI !
DRRRING

じぃ… LOOK
LUI… ? C'EST VRAI QU'IL EST BEAU…
AZUSA, TU VEUX CHANTER QUOI ?
Hiii !
BAH… QUOI ?!
EXCUSEZ-LA !
LES GARÇONS L'INTIMIDENT.
HEIN ? POURQUOI ? POURQUOI ?
PA… PARCE QU'ILS…
M'ONT BEAUCOUP TOURMENTÉE À LA MATERNELLE…
BAH, JE SUIS SÛR QU'ILS NE VOULAIENT PAS TE TORTURER…
ALORS, ILS VOULAIENT JUSTE T'EMBÊTER GENTIMENT.
TU ES TOUTE PETITE ET MIGNONNE…
MIGNONNE… ?!
AH, C'EST MON TOUR !

ET ON VA RESTER ENSEMBLE POUR TOUJOURS !
KARAOKÉ
BON, ON FAIT LES PRÉSENTATIONS ?!
JE SUIS YÛSUKE !
MOI, C'EST HISASHI !
HIROKI.
MOI, JE M'APPELLE KAZUSHI.
JE M'APPELLE HITOMI !
MOI, C'EST TOMOYO !
MOI, C'EST YURIKA !
ET...
ELLE, C'EST AZUSA !
C'EST LEQUEL, LE GARÇON QUE TU AIMES ?
PSST
KAZUSHI !
びく GULP
びく GULP

* PRINT CLUB : MINI PHOTOS.

BOOOUH
BOOUH
TU PERSISTES AVEC ÇA ? TU VEUX RESTER CÉLIBATAIRE JUSQU'À LA FIN DE TES JOURS ?!
C'EST TRISTE D'ÊTRE TOUT SEUL QUAND ON EST VIEUX, TU SAIS ?
VOUS N'AVEZ PAS HONTE D'EMBÊTER AZUSA ?
DÉBILE
MINUS
BOUDIN
NAN !
J'VEUX PAS Y ALLER !
J'AI PEUR !
J'AI TELLEMENT ÉTÉ TORTURÉE PAR LES GARÇONS À LA MATERNELLE QU'AUJOURD'HUI ENCORE, ILS ME METTENT MAL À L'AISE !
HITOMI !
MAIS AZUSA, JE T'ASSURE QUE TU N'AS PAS À AVOIR PEUR !
ILS SONT TOUS VRAIMENT TRÈS GENTILS.
MAIS...
SI UN GARÇON T'EMBÊTE, AZUSA...
JE LUI DONNERAI UNE BONNE LEÇON, COMME AUTREFOIS !
ÇA SUFFIT !
N'EMBÊTEZ PAS AZUSA !
QUAND LES GARÇONS M'EMBÊTAIENT... HITOMI VENAIT TOUJOURS À MA RESCOUSSE.

COLLÈGE POUR JEUNES FILLES
UN RENDEZ-VOUS DE GROUPE ?!
JE VOUS AI DIT QU'IL Y AVAIT UN GARÇON QUI ME PLAISAIT À MON COURS DE PRÉPA, NON ?
J'AI PROPOSÉ QUE SES TROIS COPAINS, LUI ET NOUS, ON AILLE TOUS AU KARAOKÉ CE SAMEDI !
キャー
KYAAAH
BIEN JOUÉ, HITOMI ! ♡
ブルブルブルブル
BRR BRR BRR BRR
MH ?
QU'EST-CE QUI T'ARRIVE, AZUSA ?

Chapitre 10

AMIES

D'après une histoire originale de Maki Hiro.

MIKE...
?!
MIAAOUH
TU ES EN VIE... !
C'EST UN MIRACLE...
APRÈS TA MORT, TON ÂME AUSSI SERA PRÉCIPITÉE EN ENFER...
ÇA NE FAIT RIEN.
DIS, JURI...
MH ?
ON SERA TOUJOURS, TOUJOURS AMIES, HEIN ?

POURQUOI MOI... ?
CE SONT LES ORDURES COMME KOYAMA QUI DEVRAIENT ALLER EN ENFER... !
TU ES LA SEULE...
À PENSER AINSI.
IL PARAÎT QUE Mlle TAKAMINE A DISPARU SANS LAISSER DE TRACES...
ET LA NOUVELLE PROF EST GÉNIALE !
AH BON... ÇA ME RASSURE, MAIS...
POUR MIKÉ... IL EST TROP TARD...
GASH

VEUX-TU... GOÛTER À LA MORT ?
KYAA
A
A
A
AH !
WHOOSH
AU...
AU SECOURS... !

* RIVIÈRE DES ENFERS JAPONAIS, ÉQUIVALENTE DU STYX, QU'IL FAUT TRAVERSER POUR ENTRER DANS LE ROYAUME DES MORTS.

AU FOND...
ELLE EST INUTILE, ELLE AUSSI.
OUI !
ON N'A QU'À LA JETER !
LÂ... LÂCHEZ-MOI !
ON VA TE METTRE DANS UN SAC-POUBELLE...
ARRÊTEZ !
NON...
FERME BIEN !

* CRÉATURES FANTASTIQUES, MONSTRES ET FANTÔMES JAPONAIS.

SEI-GNEUR...
C'EST ÉPUISANT DE PARLER AVEC DES IMBÉCILES !
CHAUD DEVANT ! CHAUD DEVANT !
GULP
QUI ÊTES-VOUS... ?
QU'EST-CE QUE VOUS FAITES CHEZ MOI ?!
ÇA SE VOIT, NON ?
ON VIDE LES ORDURES !
FLOP

JE ME DIS QUE SI J'ÉTUDIE BEAUCOUP...
JE POURRAI PEUT-ÊTRE ALLER DANS LE MÊME LYCÉE QUE TOI...
ET MAIN-TENANT...
ELLE A TUÉ MIKÉ... FAIT DU MAL À JURI...
ÇA ME SOULA-GERAIT DE LA VOIR DISPA-RAÎTRE.
CRASH
GRR
TU VAS LE PAYER !
VA POURRIR EN ENFER !
QUE LA VENGEAN-CE...
S'ACCOM-PLISSE !

TOC
JURI...
MADEMOISELLE, C'EST VOUS QUI AVEZ JETÉ MIKÉ DANS LA RIVIÈRE ?! POURQUOI AVEZ-VOUS FAIT ÇA... ?!
IL PARAÎT QU'ELLE A FAILLI SE NOYER EN TENTANT DE SAUVER CE CHAT ?
ELLE EST VRAIMENT STUPIDE !
JE VOUS AVAIS POURTANT PRÉVENUS QUE JE JETTERAIS TOUT CE QUI NE CONCERNE PAS LES ÉTUDES, NON ?
UN CHAT AUSSI SALE, C'EST BON POUR LES ORDURES.
JE NE SOUHAITE PAS QU'ELLE VOUS CONTAMINE AVEC SA BÊTISE, C'EST POUR ÇA QUE JE L'AI MISE VOLONTAIREMENT AU DÉPOTOIR.
ET C'EST PAREIL POUR KOYAMA.
CETTE ORDURE NUISIBLE...
ÇA ME SOULAGERAIT DE LA VOIR DISPARAÎTRE.

MIKÉ...
C'EST GRÂCE À MIKÉ QU'ON A PU DEVENIR AMIES, MAKI...
ET JE N'AI PAS...
RÉUSSI À LA SAUVER...
NON, JURI...
JURI !
ELLE A AVALÉ BEAUCOUP D'EAU, SON ÉTAT EST CRITIQUE.

ばしゃ
SPLASH
ばしゃ!!
SPLASH
JURI !
MIKÉ !
ピ PIIN
ピ PIIN
ポ POON
ポ POON
JURI !
JURI !
RECULEZ !
JURI...
KOFF
KOFF
TIENS BON !
BON SANG...
KOFF

DES FILLES L'ONT VUE ALLER EN DIRECTION DE LA RIVIÈRE...
DÉPÊCHONS-NOUS !
HUFF
HUFF
DAAAAH
CE SAC... !
MIAAOUH
MIAAOUH
MIAAOUH
MIKÉ !
SPLASH
JURI, ATTENDS !
SPLASH
C'EST DANGEREUX...
SPLASH
MIKÉ...
SHAA... AA

JURI...
ON VA FAIRE UNE PAUSE ! JE VAIS ACHETER À BOIRE !
D'ACCORD !
JURI SE DONNE VRAIMENT BEAUCOUP DE MAL...
AU LIEU D'ENVOYER TAKAMINE EN ENFER, JE VAIS LA FAIRE CHANGER D'AVIS EN BOSSANT DUR AVEC JURI !
TAP
ÇA CRAINT VRAIMENT, ÇA !
TU CROIS QUE LE CHAT VA SURVIVRE ?
TAP
AH, MAKI ! ON A ENTENDU DES MIAULEMENTS VENANT DU SAC-POUBELLE QUE PORTAIT Mlle TAKAMINE...
MAIS ON AVAIT TROP PEUR DE LUI DEMANDER...
DITES ! DE QUEL CHAT VOUS PARLEZ... ?!
MAIS, C'EST PAS VRAI... !
QUOI ?!
MIKÉ ?!

J'ACCOMPLIRAI TA VENGEANCE, MAIS EN ÉCHANGE...
APRÈS TA MORT, TON ÂME AUSSI SERA PRÉCIPITÉE EN ENFER.
HEIN... ?!
À TOI DE DÉCIDER...
SALLE de PREPARATION des COURS d'ANGLAIS
JURI...
VIENS, SORTONS D'ICI !
PUISQUE JE TE DIS QUE ÇA VA ! ET PUIS, GRÂCE À TOI, JE COMPRENDS MIEUX CE QUE J'ÉTUDIE, MAKI.
MAIS...
ET SURTOUT...
MOI AUSSI, J'IRAI EN ENFER... ?
C'EST HORRIBLE...
JE ME DIS QUE SI J'ÉTUDIE BEAUCOUP...
JE POURRAI PEUT-ÊTRE ALLER DANS LE MÊME LYCÉE QUE TOI...

LA FILLE DES ENFERS ACCOMPLIRA NOTRE VENGEANCE !
MAIS TU ES...
ENMA... ?
PRENDS CECI !
SI TU ÔTES CE FIL, LE PACTE SERA SCELLÉ...
ET L'ÊTRE QUE TU HAIS SERA IMMÉDIA-TEMENT EN-VOYÉ EN ENFER.
MAIS SACHE CECI... DEUX TOMBES POUR UNE MALÉDICTION...

ENVOYEZ TAKAMINE EN ENFER !

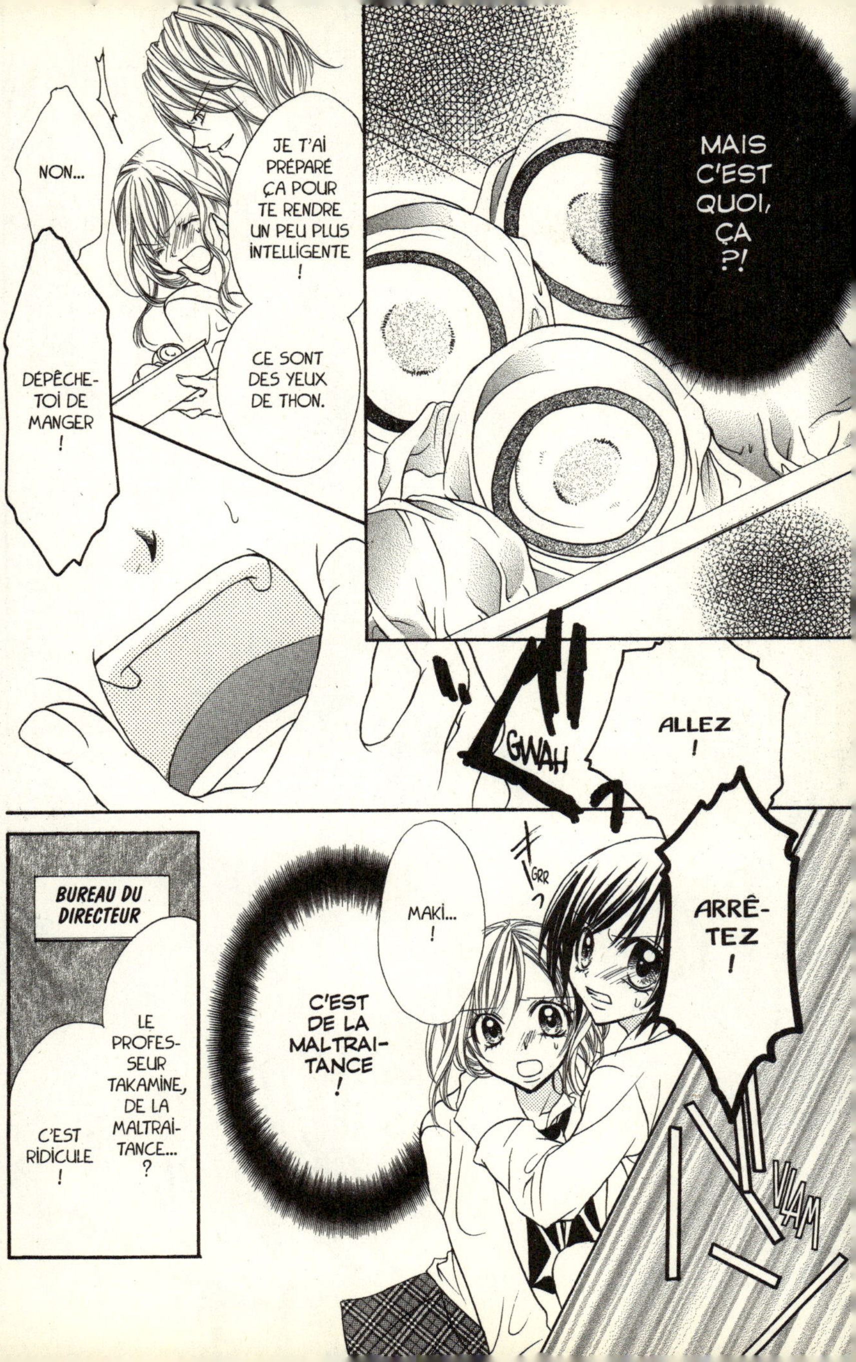
MAIS C'EST QUOI, ÇA ?!
JE T'AI PRÉPARÉ ÇA POUR TE RENDRE UN PEU PLUS INTELLIGENTE !
CE SONT DES YEUX DE THON.
NON...
DÉPÊCHE-TOI DE MANGER !
ALLEZ !
GWAH
ARRÊTEZ !
GRR
VLAM
MAKI... !
C'EST DE LA MALTRAITANCE !
BUREAU DU DIRECTEUR
LE PROFESSEUR TAKAMINE, DE LA MALTRAITANCE... ?
C'EST RIDICULE !

VOUS VOUS TROMPEZ ! EN RÉALITÉ, JURI EST TRÈS GENTILLE...
は AH
NE PARLE DE ÇA À PERSONNE, COMPRIS ?
PERSONNE NE LA CONNAÎT VRAIMENT... !
JE VAIS PROPOSER À JURI DE VENIR DÉJEUNER AVEC MOI AUPRÈS DE MIKÉ.
J'AI PRÉPARÉ DES BENTÔ !
BEURK !
LA PROF EST ENCORE LÀ !
JE T'AI APPORTÉ À DÉJEUNER !
MANGE !
GASH
?!

QUAND POURRA-T-ELLE REVENIR ÉTUDIER EN CLASSE AVEC NOUS... ?
JURI EST COINCÉE EN RETENUE DEPUIS CE MATIN... ELLE NE POURRA PAS VENIR.
TU DOIS ÊTRE BIEN TRISTE, MIKÉ.
TOUS LES JOURS, TOOOUS LES JOURS, DES CONTRÔLES. J'AI MAL À LA TÊTE !
DITES, ÇA FAIT UN BAIL QU'ON N'EST PAS SORTIES S'AMUSER UN PEU, ÇA VOUS DIT ?!
AH... DÉSOLÉE, APRÈS LES COURS, J'IRAI VOIR COMMENT VA JURI...
MAKI...
HEIN... ?
TU FERAIS MIEUX DE LAISSER TOMBER KOYAMA.
TU VAS TE FAIRE REPÉRER, TU SAIS ?
C'EST TRISTE POUR ELLE D'ÊTRE EN ISOLEMENT.
MAIS C'EST SA FAUTE, ELLE N'AURAIT PAS DÛ ATTAQUER LA PROF...
C'EST NORMAL QU'ELLE SOIT SÉVÈREMENT PUNIE.

ZAMP
RESPONSABLE BIBLIOTHÈQUE
JURI KOYAMA
COMITÉ CULTUREL
YÔKO
IL FAUT AUSSI QUE JE L'ÉLIMINE DE LA LISTE DES RESPONSABLES ET DES ACTIVITÉS.
ELLE NE FAIT PLUS PARTIE DE CETTE CLASSE.
MAIS...
DÉPÊCHEZ-VOUS DE VOUS INSTALLER.
LE CONTRÔLE VA COMMENCER.
SI VOUS NE VOULEZ PAS FINIR COMME KOYAMA...
AYEZ DE BONNES NOTES !
BLA
BLA
POURQUOI DIT-ELLE ÇA ?!
DONG
DING

JE NE PEUX PAS ABANDONNER UNE AMIE !
HEIN... ?
J'AI APPRIS TOUT ÇA EN COURS DE PRÉPA, JE VAIS T'AIDER !
ON VA BOUCLER ÇA VITE FAIT ET RENTRER CHEZ NOUS !
...
MERCI.
2-3
J'AI CHANGÉ LE PLAN DE CLASSE EN FONCTION DU CLASSEMENT PAR RÉSULTATS.
BLA
EUH...
OÙ EST LA PLACE DE KOYAMA... ?
BLA
OH... ELLE EST INUTILE, QU'ELLE RESTE DANS LE PLACARD.
QUOI... ?

AU REVOIR !
BYE BYE !
SALLE DE PRÉPARATION DU COURS D'ANGLAIS
JURI !
ÇA VA ?
MAKI...
JE N'AI PAS LE DROIT DE RENTRER CHEZ MOI AVANT D'AVOIR TERMINÉ ÇA...
MAIS JE SUIS NULLE, ALORS, JE N'Y COMPRENDS RIEN.
QUOI ? TOUT ÇA... ?!
MAIS ON NE L'A PAS ENCORE VU EN COURS !
LAISSE TOMBER ET RENTRE CHEZ TOI.
TU ES DÉLÉGUÉE DE LA CLASSE, SI ELLE TE PREND EN GRIPPE ET TE COLLE UNE MAUVAISE ÉVALUATION, CE SERA LA TOTALE.
HEIN... ?

MES CHEVEUX ONDULENT NATURELLE-MENT !
TU VAS ALLER PASSER QUELQUES HEURES DANS LA SALLE DE PRÉPARATION DU COURS D'ANGLAIS !
BIEN SÛR...
JE CROIS SURTOUT QUE TU N'EN FAIS QU'À TA TÊTE !
?!
BLA
LA SALLE DE... MAIS C'EST PRATIQUEMENT DEVENU UN DÉPOTOIR, LÀ-BAS...
BLA
C'EST HOR-RIBLE...
BLA
ALLEZ ! AVANCE PLUS VITE QUE ÇA !
GWIP
AÏE !
VOUS AUTRES, TRAVAILLEZ EN SILENCE JUSQU'À MON RETOUR !
CLAC
BLA
QUELLE HORREUR...
BLA
C'EST QUOI, CETTE PROF... ?!

JE DÉTRUIRAI TOUT CE QUI NE CONCERNE PAS LES COURS !
ESPÈCE DE GARCE...
AH...
JURI !
CLANG
FLAP
MERDE !
POUR QUI TE PRENDS-TU, TOI ?
ET C'EST QUOI CETTE PERMANENTE POUR VENIR AU COLLÈGE ?! TU TE FICHES DE MOI ?!
GASH

Mlle TA-KAMINE.
JE SERAI TRÈS EXIGEANTE ENVERS VOUS POUR VOUS PRÉPARER AU CONCOURS D'ENTRÉE AU LYCÉE, ALORS METTEZ-Y BEAUCOUP DU VÔTRE.
HORAIRES DE VISITE DE MME KAWAI
LES CON-COURS... ?
MAIS ON EST SEULE-MENT EN QUATRIÈ-ME.
JE RÊVE...
AU LIEU DE PERDRE VOTRE TEMPS AVEC DE TELLES IMBÉCILITÉS...
VOUS FERIEZ MIEUX D'ÉTUDIER !
SHRRIIP
SHRRIP
HEIN... ?!
GÂCHER VOTRE TEMPS POUR ÇA...
GASH
ATTEN-DEZ !
C'EST...

KOYAMA, TU FAIS DES PLIAGES POUR LES MILLE GRUES ?!
WAAAAH
LA DÉLÉGUÉE DE CLASSE ?!
GAAH
BOF... J'AVAIS DU TEMPS À PERDRE.
QUAND ON AURA NOTRE GUIRLANDE DE GRUES, ON IRA TOUS ENSEMBLE L'OFFRIR À Mme KAWAI !
PAS QUESTION !
HUMPF
JE DÉTESTE LES ACTIONS DE GROUPE...
NE T'INQUIÈTE PAS !
JE SERAI AVEC TOI !
HEIN... ?
ET PUIS, NE M'APPELLE PAS "DÉLÉGUÉE", MAIS JUSTE "MAKI" !
JE PEUX T'APPELER JURI ?
... FAIS COMME TU VEUX !
WAOUH
YOUPI !
JE T'AI DÉJÀ DIT DE NE PAS PARLER SI FORT !
JE SUIS LA REMPLAÇANTE DE Mme KAWAI.
2-3

EUH... ON POURRAIT PEUT-ÊTRE METTRE SA PHOTO SUR UN SITE D'INFOS SUR LES CHATS PERDUS ?!
INCROYABLE...
TU SAURAIS FAIRE ÇA ?
WAH... ELLE EST COMPLÈTEMENT DIFFÉRENTE QU'EN CLASSE !
はっ AH
ZASH
NE...
NE PARLE DE ÇA À PERSONNE, COMPRIS ?!
BAH QUOI... ?
ELLE EST UN PEU BOURRUE MAIS C'EST UNE FILLE GENTILLE.
ÇA Y EST !
C'EST FAIT !
ÉCHANGE D'INFOS SUR LES CHATS PERDUS
Nous l'avons recueillie il y a un mois, devant le collège X.
• C'est une femelle tricolore.
• Elle porte un collier rouge.
E-contact : xxx123456@xxx.ne.jp
J'ESPÈRE QU'ON VA DEVENIR AMIES.

HEIN... ?
ELLE EST TROP MIGNONNE !
DIS DONC !
QUELLE COQUINE, CETTE MIKÉ !
GULP
NE CRIE PAS COMME ÇA, IDIOTE !
HEIN ? PARDON...
MIAOUH
JE L'AI TROUVÉE ERRANT ICI IL Y A UN MOIS.
JE NE PEUX PAS LA PRENDRE CHEZ MOI ALORS JE M'OCCUPE D'ELLE ICI.
COMME ELLE A UN COLLIER, JE ME SUIS DIT QU'ELLE S'ÉTAIT PERDUE, ALORS J'AI MIS DES AFFICHES MAIS JE N'AI TOUJOURS PAS RETROUVÉ SON PROPRIÉTAIRE...

PSST
MAKI, LAISSE TOMBER !
KOYAMA NE PARLE À PERSONNE DEPUIS LA MATERNELLE !
ELLE PARLE MAL, N'EN FAIT QU'À SA TÊTE TOUT LE TEMPS.
MÊME LES PROFS ONT BAISSÉ LES BRAS.
MAIS... CE SERAIT MIEUX SI TOUTE LA CLASSE PARTICIPAIT.
DING
DONG
DIS, TU N'AURAIS PAS VU KOYAMA ?
ELLE EST PEUT-ÊTRE DANS LA COUR ARRIÈRE... ?
JE L'AI CROISÉE DANS LE COULOIR...
GASH

JE ME DEMANDE COMMENT SERA LA NOUVELLE PROF !
J'ESPÈRE QU'ELLE SERA AUSSI GENTILLE QUE Mme KAWAI.
BAM
DÉGAGE !
C'EST MON BUREAU !
PAR...
PARDON, KOYAMA...
AH, KOYAMA, TU TOMBES BIEN !
ON VA TOUS FAIRE DES ORIGAMI DE GRUE POUR Mme KAWAI...
ふいっ
PFF

* LA GRUE EST LE SYMBOLE DE LA SANTÉ ET DE LA LONGÉVITÉ. LA LÉGENDE DES MILLE GRUES FAIT RÉFÉRENCE À L'ŒUVRE DE SADAKO SASAKI, UNE PETITE FILLE ATTEINTE DE LEUCÉMIE À CAUSE DE LA BOMBE D'HIROSHIMA ET QUI FIT LE VŒU DE RÉALISER MILLE ORIGAMI DE GRUE POUR RETROUVER LA SANTÉ. ELLE MOURUT AVANT D'AVOIR ATTEINT CE NOMBRE.

Chapitre 9

LE CHAT ÉGARÉ

CETTE FOIS-CI, POUR LE BONUS DE FIN DE TOME, VOUS ALLEZ DÉCOUVRIR LES MANGA EN QUATRE CASES QUE J'AI RÉALISÉS POUR **LA FÊTE DES GAGS DU PRINTEMPS NAKAYOSHI** ET POUR LES DVD DU DESSIN ANIMÉ.
JE LES AI DESSINÉS EN ME DISANT, TRÈS ANGOISSÉE : "HEIN... ? DES GAGS SUR **LA FILLE DES ENFERS** ? C'EST DE LA FOLIE..."
MAIS À MON GRAND ÉTONNEMENT LA FÊTE DES GAGS A ÉTÉ TRÈS POPULAIRE.

AÏ FAIT UNE DRÔLE DE TÊTE.

REMERCIEMENTS.

AUX GENS D'ANIPLEX ! À OSANO, MARUYAMA ET ORIUCHI.
À TOUS CEUX QUI ONT PARTICIPÉ À LA RÉALISATION DE CE MANGA, AINSI QU'À TOUS CEUX QUI L'ONT ACHETÉ.

POURQUOI DIS-TU QUE TU NE VIVRAS PAS LONG-TEMPS ?
TU VAS DEVENIR POLICIER, TSUKASA, NON ?!
COMME ÇA, TU POURRAS...
ME PROTÉGER POUR TOUJOURS...
À SA MORT, SON ÂME SERA PRÉCIPITÉE EN ENFER...
EN ATTENDANT CE JOUR FATIDIQUE, IL FAUT QU'ON SOIT HEUREUX TOUS LES DEUX...

NE... NE ME DIS PAS QUE...
TU AS FAIT APPEL À LA FILLE DES ENFERS ?!
POURQUOI AS-TU FAIT ÇA, TSU-KASA... ?
TU SERAS PRÉCIPITÉ EN ENFER, TOI AUSSI... TU EN ES CONSCIENT ?!
ÇA M'EST ÉGAL.
JE PARLE SOU-VENT DE L'AVENIR, MAIS EN VÉRITÉ...
JE SAIS TRÈS BIEN QUE JE NE VIVRAI PAS LONGTEMPS.
MÊME AVEC CE CORPS MALADE...
J'AURAI QUAND MÊME PU TE PROTÉGER. JE SUIS CONTENT.

VLAM
MEI !
EST-CE QUE ÇA VA ?!
TSUKASA ?!
QU'EST-CE QUE TU FAIS ICI ?! DANS TON ÉTAT !
QUAND J'AI TÉLÉPHONÉ CHEZ LE FLEURISTE, ON M'A RÉPONDU : IL SE MARIE AUJOURD'HUI...
J'AI EU PEUR QUE TU SOIS EN DANGER, ALORS JE T'AI CHERCHÉE...
HEIN... ?
JE SAVAIS QUE TU TE TAISAIS POUR NE PAS M'INQUIÉTER.
ÇA FAIT UN MOMENT QUE JE TROUVE CE FLEURISTE SUSPECT, J'AI FAIT DES RECHERCHES SUR LUI ET, LE JOUR OÙ TU AS ÉTÉ CAMBRIOLÉE ET LE MERCREDI OÙ TU AS REÇU UN GRAND NOMBRE DE MESSAGES, IL ÉTAIT EN CONGÉ.
MEI, QUAND TU MENS TU METS TOUJOURS TES CHEVEUX DERRIÈRE TON OREILLE.
HAH
ET C'EST POUR ÇA QU'IL A FAIT CETTE FOLIE...
MAIS TOUT VA BIEN, MAINTENANT !
IL A ÉTÉ PRÉCIPITÉ EN ENFER... ALORS IL NE REVIENDRA JAMAIS TE HARCELER, MEI.
TSUKASA, NON... !

VEUX-TU... GOÛTER À LA MORT ?
HII...
II...
GASH
CETTE HAINE...
JE L'EMPORTE EN ENFER...

CETTE FOIS-LÀ,
À LA SUITE D'UNE PETITE ERREUR, IL MANQUAIT DEUX PAGES ! FACE À CE TERRIBLE ÉVÉNEMENT (EN PLUS, C'ÉTAIT LE MATIN DE LA DATE BUTOIR), IL A FALLU QUE JE DESSINE CES DEUX PAGES EN URGENCE.

J'ÉTAIS TELLEMENT PANIQUÉE QUE JE TRAÇAIS MES TRAITS EN TREMBLANT. DU COUP, J'AI REFAIT CES DEUX PAGES POUR LA PARUTION EN MANGA.

CEUX QUI POSSÈDENT ENCORE LE MAGAZINE "NAKAYOSHI" DE MAI, DANS LEQUEL CE CHAPITRE A ÉTÉ PRÉPUBLIÉ, JE PENSE QUE, SI VOUS COMPAREZ CES DEUX VERSIONS, VOUS VERREZ À QUEL POINT MES LIGNES ÉTAIENT TREMBLANTES.
(SUEURS FROIDES)

Hiiii... !
AU... AU SEC...
AU SECOURS... !

ZASH
MERDE !
OÙ EST-CE QU'ELLE S'EST ENFUIE ?!
TU ÉTAIS ENTOURÉ DE SI BELLES FLEURS...
ET POURTANT TON CŒUR EST D'UNE LAIDEUR REPOUSSANTE.
QUOI... ?!
QUI ES-TU... ?!
GROOOAA
AAAH... ?!
REGARDE, CES FLEURS...
REFLÈTENT TA PERVERSION.

TSUKASAAAAAAAA
HEIN... ?!
IL A DISPARU ?!
OÙ...
OÙ EST-CE QUE JE SUIS... ?

BAM
AU SECOURS !
OUVREZ-MOI !
BAM
GASH
AU SECOURS... !
KYA-AAH !
KRR
KRR
"LA PROCHAINE FOIS, TU NE M'ÉCHAPPERAS PAS."
C'EST CE QUE JE T'AI DIT, NON ?
KRR
SI TU N'OBÉIS PAS, JE TE TUE, C'EST CLAIR ?
AU SECOURS... !
NON...
HUH...

GASH
YÛKI NAGASAWA
MEI SASAKI
POUR-QUOI... ?!
LE FLEU-RISTE... ?!
POURTANT L'AUTRE FOIS, L'HOMME L'A APPELÉ YÛKI ?!
!!
YÛKI NAGASAWA
IL S'APPELLE AUSSI... YÛKI ?!
JE ME SUIS TROMPÉE DE PERSONNE... JE NE POURRAI PAS L'ENVOYER EN ENFER !
VIENS, DÉPÊCHONS-NOUS DE NOUS MARIER.
ÇA FAIT TROIS ANS QUE JE CRÉE DES BOUQUETS POUR TON AMI D'ENFAN-CE EN PENSANT À TOI QUE J'AIME.
MAIS CE BOUQUET DE MARIÉE, JE L'AI FAIT POUR TOI !
N...
NON !
BAM

GASH
N'APPROCHE PAS !
SI TU ESSAIES ENCORE DE ME FAIRE QUELQUE CHOSE...
JE T'ENVERRAI EN ENFER !
EN ENFER... ?
ÇA FAIT PEUR, ÇA...
C'EST TOI... YÛKI ?!
TU AS BEAU PORTER CE COSTUME IMMONDE, JE T'AI RECONNU !
MON LAPIN NE T'A PAS PLU...
C'EST DOMMAGE...

YÛKI... ?!
POUR-QUOI ?!
POURQUOI TU FAIS ÇA... ?!
POUR-QUOI... ?
DANS TON ALBUM PHOTO D'ÉCOLE, TU AVAIS ÉCRIT : "QUAND JE SERAI GRANDE, JE SERAI : UNE MARIÉE"...
ALORS, JE T'AI PRÉPARÉ TOUT ÇA, TU VOIS ?
J'EN ÉTAIS SÛRE ! TOUT CE QUI EST ARRIVÉ JUSQU'ICI, C'ÉTAIT SA FAUTE... !
AH

THUD
...
QUOI... ?
UUH...
CET ENDROIT...
C'EST UNE ÉGLISE... ?
AH
ÇA TE VA À RAVIR !
ELLE TE PLAÎT ?
QU...
QU'EST-CE QUE C'EST QUE ÇA... ?!

BYE BYE !
À DEMAIN !
IL NE S'EST RIEN PASSÉ, AUJOURD'HUI.
POURVU QUE ÇA CONTINUE COMME ÇA...
WAP
?!
FWUP

JE PEUX ACCOMPLIR TA VENGEANCE, MAIS EN ÉCHANGE...
À TA MORT, TON ÂME AUSSI SERA PRÉCIPITÉE AUX ENFERS.
RÉFLÉCHIS BIEN...
J'AI PEUR, MAIS...
SI YÛKI TENTE QUOI QUE CE SOIT, J'UTILISERAI ÇA...

POUR QUE LA FILLE DES ENFERS VIENNE NOUS VENGER...
TU M'AS APPELÉE.
TU ES UNE FILLE DE MA CLASSE...
AÏ ENMA... ?
C'EST INCROYABLE ! ENMA SERAIT...
LA FILLE DES ENFERS... ?!
PRENDS CECI !
SI TU ÔTES CE FIL, LE PACTE SERA SCELLÉ...
ET L'ÊTRE QUE TU HAIS SERA IMMÉDIATEMENT ENVOYÉ AUX ENFERS.
SACHE UNE CHOSE !
DEUX TOMBES POUR UNE MALÉDICTION...

CLANG
LA PROCHAINE FOIS, TU NE M'ÉCHAPPERAS PAS...
NI MA MÈRE NI LA POLICE NE ME CROIENT...
JE VAIS DEVOIR ME DÉBROUILLER TOUTE SEULE !
LE "COURRIER DES ENFERS."
C'EST ÇA !
YÛKI EST LE COUPABLE, J'EN SUIS CERTAINE !
CE SITE N'EST ACCESSIBLE QU'À MINUIT PILE.
地獄通信
LE COURRIER DES ENFERS
ENTER
IL SUFFIT D'Y INSCRIRE LE NOM DE LA PERSONNE QU'ON HAIT...
YÛKI.

UN HOMME DÉGUISÉ EN LAPIN... ?
QU'EST-CE QUE C'EST ENCORE QUE CETTE HISTOIRE ?
TU T'ES VISIBLEMENT TROMPÉE POUR LE CAMBRIOLEUR DE L'AUTRE JOUR...
TU ES PEUT-ÊTRE JUSTE UN PEU FATIGUÉE CES DERNIERS TEMPS ?
MAIS NON...
COMMENT FAIRE POUR QU'ELLE ME CROIE... ?!
JE VAIS APPELER L'ÉCOLE... TU DEVRAIS PEUT-ÊTRE RESTER ICI TE REPOSER AUJOURD'HUI...
MAMAN...
DRRRRRING
C'EST PEUT-ÊTRE MAMAN... ?
ON EST EN PLEINE JOURNÉE !
DRRRRRING
ALLÔ ?

ZUP
ZUP
IL ME SUIT ?!
ZUP
ZUP
ZUP
BAH ? C'EST TOI, YÛKI ?
QU'EST-CE QUE TU FAIS DANS CETTE TENUE ?!
TU BOSSES ?
YÛKI... ?!

JE SUIS UN DE CES JOLIS LAPINS...
QUE TU AIMES TANT !
N...
NON !
BAM
POC
?!

HIER SOIR, IL A TRAVAILLÉ JUSQU'À TRÈS TARD SUR SON ORDINATEUR PORTABLE...
IL SAIT QUE ÇA LUI EST INTERDIT ET POURTANT IL S'EST SURMENÉ...
TSUKASA...
LUI QUI D'HABITUDE NE FAIT PAS D'EXCÈS, POURQUOI A-T-IL AGI DE LA SORTE... ?
IL FAIT NUIT...
ZUP
GWIP
?!

JE NE VEUX PAS T'ENDENDRE DIRE ÇA ! DU NERF !
PAS D'EX-CUSES !
OUI...
TU AS RAISON.
QUELLE HORREUR... QU'EST-CE QUE C'EST QUE ÇA... ?
ARRÊTE D'ALLER VOIR CE CREVARD. SI TU N'OBÉIS PAS, JE TE TUERAI.
PEUT-ÊTRE QUE... JE FERAIS MIEUX D'EN PARLER À TSUKASA. IL FAUT QU'IL FASSE ATTENTION... ON NE SAIT JAMAIS...
GWIP
IL FAIT ENCORE UNE POUSSÉE DE FIÈVRE...

ELLE M'A DIT AUSSI QUE TU AVAIS REÇU PAS MAL DE MESSAGES BIZARRES.
SI ÇA SE TROUVE, C'EST LA MÊME PERSONNE...
GULP
NON ! JE DOIS FAIRE EN SORTE QU'IL NE S'APERÇOIVE DE RIEN !
AH... NON, ÇA, C'ÉTAIT JUSTE UN MALENTENDU !
APPAREMMENT, LES MESSAGES ÉTAIENT POUR QUELQU'UN D'AUTRE...
IL SOUFFRE DÉJÀ ASSEZ DE SA MALADIE, JE NE DOIS PAS L'INQUIÉTER...
JE SUIS DÉSOLÉ...
JE NE PEUX PAS BOUGER...
ALORS, MÊME SI TU ES EN DANGER, JE NE PEUX PAS T'AIDER...

AUJOURD'HUI, J'AI REÇU DES ROSES MAGNIFIQUES.
BAH... TU N'AS PAS TRÈS BONNE MINE.
AH...
ÇA VA !
UNE SEMAINE S'EST ÉCOULÉE DEPUIS L'INCIDENT ET LE VOLEUR N'A TOUJOURS PAS ÉTÉ RETROUVÉ.
À MOINS QUE JE NE ME SOIS TROMPÉE... ?
JE N'AI PAS L'AIR LUGUBRE AU MOINS ?!
PARFAIT !
VLAM
TSUKASA !
CES ROSES ROUGES SONT SUPERBES, N'EST-CE PAS ?!
JE VAIS LES METTRE À LA PLACE DES AUTRES !
JE T'AI AUSSI APPORTÉ UN ROMAN.
MEI... TA MÈRE M'A DIT...
QU'UN CAMBRIOLEUR ÉTAIT RENTRÉ DANS TA CHAMBRE, L'AUTRE JOUR...

BAH... AU CAS OÙ, JE VAIS QUAND MÊME FAIRE UNE RONDE...
OH... ?
C'EST YÛKI, UN GARÇON DE MA CLASSE... ?!
SWUP
IL HABITE DANS LE QUARTIER... ?
OOOH...
ALORS COMME ÇA...
MA PETITE MEI AIME LES LAPINS...
MEI SASAKI
• MON ANNIVERSAIRE : LE 14 MARS.
• MA MATIÈRE PRÉFÉRÉE : LA MUSIQUE.
• QUAND JE SERAI GRANDE, JE SERAI : UNE MARIÉE.
ALBUM PHOTO

BAH... ?
LA FENÊTRE EST ENTROUVERTE ?
QU'EST-CE QUE ÇA VEUT DIRE ? ON DIRAIT QUE RIEN N'A ÉTÉ TOUCHÉ...
ET POURTANT, QUELQUE CHOSE ME MET MAL À L'AISE...
!!
ON A TROUVÉ DES TRACES D'INTRUSION...
ET VOUS DITES...
QU'IL VOUS MANQUE UN ALBUM PHOTO ?
OUI...
MAIS S'IL NE VOUS MANQUE QU'UN ALBUM PHOTO...
PEUT-ÊTRE L'AVEZ-VOUS RANGÉ AILLEURS ?
PAS DU TOUT !
JE LE RANGE TOUJOURS DANS MA BIBLIOTHÈQUE !

CES SIX DERNIERS MOIS, IL M'ARRIVAIT PARFOIS DE RECEVOIR DES MESSAGES BIZARRES...
MAIS CES TEMPS-CI, J'EN REÇOIS TOUS LES JOURS...
JE T'AIME JE T'AIME JE T'AIME JE T'AIME
ALORS C'EST POUR ÇA QUE TU AS CHANGÉ D'ADRESSE PLUSIEURS FOIS...
OUI...
BDUM
V... VRAIMENT ?
FAIS ATTENTION, HEIN ?
C'EST CLAIR QUE C'EST UN HARCELEUR, ÇA !
MAIS JE N'AI AUCUNE IDÉE DE QUI ÇA PEUT BIEN ÊTRE...
JE SUIS RENTRÉE...
AH, MAMAN DOIT ENCORE ÊTRE AU TRAVAIL...
TSAC

TU VAS LE VOIR TOUS LES JOURS ET TU T'OCCUPES DE LUI, NON ?
C'EST LE GRAND AMOUR !
T'AS PAS UNE PHOTO DE TON MARI ?
TU N'EN AS PAS FAIT TON ÉCRAN D'ACCUEIL ?
GAAAAAAH
DIS DONC, T'AS PAS LE DROIT DE...
VOUS DITES N'IMPORTE QUOI !
NOS PARENTS S'ENTENDENT TRÈS BIEN, ALORS JE NE PEUX PAS LE LAISSER TOUT SEUL, C'EST TOUT !
DRRRRING !
AH !
TU AS REÇU UN MESSAGE.
BEUH !
C'EST QUOI, ÇA ?!
ENCORE... ?
CES DERNIERS TEMPS, JE N'ARRÊTE PAS D'EN RECEVOIR !
JE T'AIME JE T'AIME
JE T'AIME JE T'AIME
JE T'AIME JE T'AIME
JE T'AIME JE T'AIME
JE T'AIME JE T'AIME
JE T'AIME JE T'AIME

JE VAIS METTRE LES FLEURS DANS UN VASE !
ELLES SONT TRÈS BELLES.
MERCI DE M'EN APPORTER SI SOUVENT !
AH ! MEI !
LE BOUQUET A PLU ?
OUI ! ÇA L'A BEAUCOUP TOUCHÉ !
AH, AU FAIT ! JE T'AI ENVOYÉ LE CATALOGUE DES FLEURS QUI VONT ARRIVER CE MOIS-CI AU MAGASIN.
WAAAAH
MERCI BEAUCOUP !
TU PARLES D'UNE COPINE D'ENFANCE !
TU ES SA FEMME, OUI !

TIENS, C'EST LE LIVRE QUE TU M'AVAIS DEMANDÉ !
ÇA M'ÉPATE QUE TU LISES DES ROMANS SI COMPLIQUÉS !
MOI, JE N'ARRIVE MÊME PAS À ME RAPPELER DES NOMS DE TOUS LES PERSONNAGES.
LÀ, ÇA DEVIENT GRAVE...
MOI, AU PREMIER QUART DU BOUQUIN, JE SAIS DÉJÀ QUI EST LE COUPABLE.
BAH... IL FAUT BIEN QUE J'AFFÛTE MON POUVOIR DE DÉDUCTION...
POUR QUAND JE SERAI INSPECTEUR DE POLICE.
TU DIS ÇA DEPUIS L'ÉCOLE MATERNELLE !
POUR ÇA AUSSI...
IL FAUT QUE TU RETROUVES VITE LA FORME ET QUE TU TE MUSCLES UN PEU !
IL FAUT... DES MUSCLES ?
BAH OUI. FAUT ÊTRE FORT !
QUAND ON PARLE DE L'AVENIR, TSUKASA EST TOUJOURS PLEIN DE VIE.
J'AIMERAIS QU'IL GUÉRISSE VITE ET QU'IL RESTE EN BONNE SANTÉ POUR TOUJOURS !

TSUKASA !
TU AS L'AIR EN FORME, AUJOURD'HUI !
MEI !
MA FIÈVRE EST ENFIN TOMBÉE.
VRAI-MENT ?! C'EST GÉNIAL !
TSUKASA, MON COPAIN D'ENFANCE, EST HOSPITA-LISÉ DEPUIS TROIS ANS À CAUSE D'UNE MALADIE TRÈS GRAVE.

CHAPITRE 8 : "UN AMOUR PERVERS"

LE THÈME C'ÉTAIT : "TOUT CE QUE VOUS VOULEZ, MAIS DES PLANTES".
J'ADORE LES FLEURS, MAIS J'AI TOUJOURS ÉTÉ TRÈS NULLE POUR LES ENTRETENIR ET J'AI MÊME RÉUSSI À FAIRE POUSSER DES MOISISSURES SUR UNE PLANTE CARNIVORE...

JE N'AURAIS JAMAIS IMAGINÉ QU'UNE TELLE PLANTE PUISSE SE FAIRE AVOIR PAR DES CHAMPIGNONS. PARDON...

CHAPITRE 9 : "CHAT ÉGARÉ"

DANS LA SCÈNE OÙ LA PROF EST EMMENÉE AUX ENFERS, L'IMAGE OÙ ON LA VOIT SE FAIRE EMBALLER DANS UN SAC POUBELLE ÉTAIT TELLEMENT MOCHE QUE J'AI BEAUCOUP SOUFFERT POUR LA RÉALISER EN ME PLAIGNANT : "BON SANG, MAIS IL N'Y A PAS MOYEN DE FAIRE UN EMBALLAGE STYLISÉ... ?" MAIS NON, IL N'Y AVAIT PAS MOYEN.
J'ADORE LE POISSON MAIS LES YEUX... NON, ÇA JE NE PEUX PAS LES MANGER. MÊME LES YEUX DES CALAMARS ME FONT PEUR...

CHAPITRE 10 : "AMIES"

C'EST UN REMAKE DE L'ÉPISODE "AMIES" DU DESSIN ANIMÉ.
PARCE QUE J'AI BEAUCOUP AIMÉ CET ÉPISODE. PENDANT LA RÉALISATION DE CES PLANCHES, J'AI PU ASSISTER À LA RÉUNION DE PRÉPARATION DU DESSIN ANIMÉ.

ET JE ME SUIS PERDUE EN COURS DE ROUTE, CE QUI A BIEN EMBÊTÉ MON SUPERVISEUR.

LA PETITE POUPÉE DE PAILLE QU'ON M'A OFFERTE AU MOMENT DE MON DÉPART EST TRÈS MIGNONNE. JE LA RECOMMANDE.

Chapitre 8

UN AMOUR PERVERS

POUR QU'ON SE RETROUVE UN JOUR AU PARADIS...
VIVEZ AVEC HONNÊTETÉ ET DROITURE...
PARDON, MAMAN ...
JE N'IRAI PAS AU PARADIS.
JE NE SAIS PAS SI J'AI EU RAISON DE FAIRE ÇA, MAIS...
CHIAKI !
JE NE REGRETTE RIEN.

* BOÎTE-REPAS JAPONAISE.

VEUX-TU... GOÛTER À LA MORT ?
AU SEC...
OU...
R...
S...
CRIIC
CRIIC
CRRIC

GRR
ET POURTANT, TU AS OSÉ LES MALTRAITER !
ALORS ?
TU TE REPENS ?
FICHEZ-MOI LA PAIX ! QUI ÊTES-VOUS, D'ABORD ?!
LES ENFANTS DÉSOBÉISSANTS PEUVENT BIEN CREVER !
VOUS AVEZ ENTENDU...
MADEMOISELLE ?
PAUVRE OMBRE ÉGARÉE DANS LES TÉNÈBRES...
TU FAIS LE MAL ET MÉPRISES TON PROCHAIN... TON KARMA EST SOUILLÉ PAR LE CRIME...
MAIS QUI ÊTES-VOUS ?!
QU'EST-CE QUE VOUS ME VOULEZ ?!

AAAAAAAAAAAAAAAAAAH
POURQUOI TU NOUS TAPES ?
ON N'A RIEN FAIT DE MAL...
TU ES MÉCHANTE...
AU...
AU SECOURS...
QU'EST-CE QUE TU NOUS CHANTES LÀ ?
T'OCCUPER DE CES ENFANTS, C'EST TON TRAVAIL, NON ?

IL PARAÎT QUE LE SCÉNARISTE DU DESSIN ANIMÉ A EU UNE EXPÉRIENCE PARANORMALE PAS RASSURANTE DU TOUT.

MOI, COMME JE N'AI AUCUN DON POUR SENTIR LES ESPRITS, JE N'AI JAMAIS RIEN VÉCU DE TEL, MAIS UNE FOIS, EN PLEINE NUIT, ALORS QUE JE DESSINAIS MES PLANCHES, J'AI ENTENDU UNE VOIX QUI A POUSSÉ UN PROFOND SOUPIR DANS MON OREILLE : "AAAAAAAH". J'AI PANIQUÉ EN ME DISANT : "AU SECOURS ! IL Y A UN FANTÔME CHEZ MOI !" MAIS...

ON M'A VITE REMIS LES IDÉES EN PLACE.

C'EST PROBABLEMENT ÇA.

SSSHHH
J'AI FROID...
C'EST GLACÉ...
SSSHHH
KYAAAAAAAH
CE N'EST PAS NOR-MAL !
IL FAUT QUE JE SORTE D'ICI... !
CLAC
CLAC
C'EST FERMÉ À CLÉ...
?!
BAM
Hiiii ?!

SOR-TIR...
LAISSE-MOI SOR-TIR...
VOUS ÊTES LÀ-DEDANS ?!
BAM
ELLES NE SONT PAS LÀ... ?
ジャ SSSHHHH
ジャ SSSHHHH
ジャ SSSHHHH
LA SALLE DE BAIN... ?
SALES PETITES MOR-VEUSES...
SORTEZ DE LÀ !
VLAM
ジャ SSSHHHH

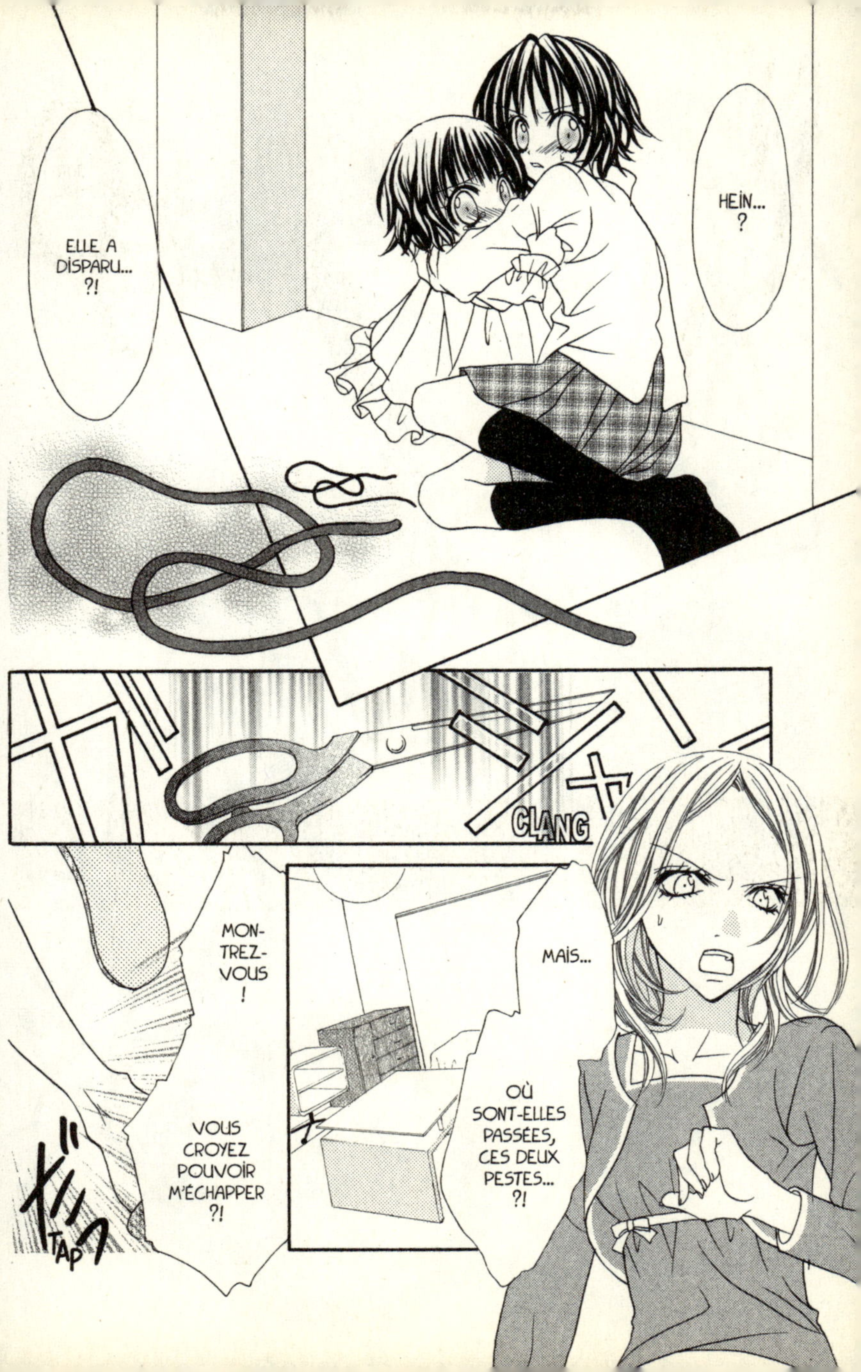
HEIN... ?
ELLE A DISPARU... ?!
CLANG
MAIS...
OÙ SONT-ELLES PASSÉES, CES DEUX PESTES... ?!
MONTREZ-VOUS !
VOUS CROYEZ POUVOIR M'ÉCHAPPER ?!
TAP

NOOOOOOOOOOOOOOOOOOOON
CHISA EST EN DANGER !
QUE LA VEN-GEANCE...
S'ACCOM-PLISSE !

ÎL FAUT CROÎRE QUE TOÎ AUSSÎ...
TU AS BESOÎN DE SOUFFRÎR POUR COMPRENDRE !
SI TU ÔTES CE FIL, LE PACTE SERA SCELLÉ...
ET L'ÊTRE QUE TU HAIS SERA IMMÉDIATEMENT ENVOYÉ AUX ENFERS.
MAIS...
GWIP
MOI AUSSI, J'IRAI EN ENFER...
MAMAN VOUS ATTENDRA AU PARADIS...
ET POUR QU'ON SE RETROUVE UN JOUR AU PARADIS...
AH
MAIS OUI, IL ME RESTE ÇA...

PETITE IDIOTE !
TU NE COMPRENDS DONC PAS QUE PERSONNE NE VOUS CROIRA ?!
FWAP
SLASH
CHIAKI !
SI TU TE METS EN TRAVERS DE MA ROUTE, JE N'AURAI AUCUNE PITIÉ POUR TOI !
ELLE A PASSÉ SON TEMPS À BRUTALISER ET TERRO-RISER CHISA COMME ÇA...
PARDON DE NE PAS T'AVOIR CRUE, CHISA... !
TU M'ÉCOUTES ?

BOF, JE ME CONTREFICHE DE VOUS DEUX.
TSAC
MAIS VOTRE PÈRE, IL N'EST PAS MAL DU TOUT.
IL GAGNE BIEN SA VIE, IL A UNE GRANDE ET BELLE MAISON...
IL SEMBLE BIEN M'AIMER, VOUS SAVEZ ?
CRAC
NE FAITES PAS ÇA !
MOI QUI ESPÉRAIS LE SÉDUIRE TRANQUILLE-MENT...
MAIS CETTE SALE PETITE MORVEUSE N'EST PAS FICHUE D'OBÉIR.
ALORS C'EST PLUS FORT QUE MOI, JE NE PEUX PAS M'EMPÊCHER DE LA FRAPPER.
C'EST POUR ÇA QU'ELLE FAIT DU MAL À CHISA... !
ALLEZ-VOUS-EN D'ICI, TOUT DE SUITE !
SINON, J'APPELLE LA POLICE !

AAAAAAAAAAAH
COMMENT ÇA ?
SES CHEVEUX SONT TROP LONGS, ILS LA GÊNENT...
ALORS JE LES LUI COUPE, C'EST TOUT.
LA FERME !
AAAAAAAAAAAH
OH, MAIS QUEL BOULET !
C'EST POUR ÇA QUE JE HAIS LES MORVEUX !
ZAM
SI VOUS DÉTESTEZ LES ENFANTS...
VOUS N'AVEZ QU'À CHOISIR UN AUTRE MÉTIER !
QUOI... ?!
AAAAAAAAAH

CHISA ?!
BAM
QU'EST-CE QUE...
VOUS FAITES... ?

KYAAAH...
CLANG
AH !
BAM
CLAC
TUUUU TUUUU
CHISA... ?!
CHIAKI ?!
LA SONNERIE VA...
JE REPARS CHEZ MOI !
CHISA !
QU'EST-CE QUI S'EST PASSÉ ?!
はあ HUFF
はあっ HUFF
BAM
NOOOOON !

CHIAKI, FAITES ATTENTION À VOUS !
OUI...
CHISA ! OBÉIS SAGEMENT À YURIE !
DORTOIR DES FILLES
AU FINAL, JE N'AURAI PAS EU BESOIN DE ÇA.
QU'EST-CE QUE JE DOIS EN FAIRE... ?
J'AI PEUR DE LE JETER...
JE RISQUE D'ÊTRE MAUDITE...
DRRRRRRRING
BIP
ALLÔ ?
CHIAKI, AU SECOURS !
YURIE M'A...
CHISA...
TU CONTINUES À RACONTER DES HISTOIRES...

JE SUIS DÉSOLÉE, YURIE.
ELLE A L'AIR DE SE DONNER TELLEMENT DE MAL...
JE VAIS EN PARLER À CHISA...
CHISA EST ENCORE PETITE, ALORS ELLE A DÛ MAL INTERPRÉTER TOUT ÇA.
C'EST MÊME PAS VRAI !
ELLE M'A CRIÉ DESSUS ET ELLE M'A TAPÉE !
CHISA !
CE N'EST PAS CE QUE TU CROIS...
SI... QUAND TU REPARTIRAS...
ELLE VA ENCORE ME TAPER...
T'EN VA PAAAAS !
OUIIIIN
C'EST IMPOSSIBLE.
JE DOIS REPARTIR...
S'IL Y A QUOI QUE CE SOIT, TU PEUX M'APPELER SUR MON PORTABLE, D'ACCORD ?
ET JE RENTRERAI EN COURANT, C'EST PROMIS...

ELLE EST TOMBÉE EN APPRENANT À FAIRE DU TRICYCLE, NON ?
HEIN... ?
ははは HA HA HA
ÇA LUI A PRIS UN MOIS POUR APPRENDRE À EN FAIRE !
TOI AUSSI, QUAND TU ÉTAIS PETITE, TU ES TOMBÉE PENDANT UNE LEÇON ET TU T'ES FAIT UNE FRACTURE !
ALORS POURQUOI A-T-ELLE DIT QU'ELLE ALLAIT SE FAIRE TUER ?
CHISA... VOUS A DIT QUELQUE CHOSE, N'EST-CE PAS ?
JE LUI AI DIT DE FAIRE TRÈS ATTENTION PARCE QUE C'ÉTAIT DANGEREUX, J'AI ÉTÉ UN PEU DURE...
JE SUIS SÛRE QU'ELLE A DÛ PENSER QUE C'ÉTAIT PAR MÉCHANCETÉ...
JE NE POURRAIS JAMAIS REMPLACER SA MÈRE, MAIS...
JE ME DIS QUE JE DOIS LUI DONNER UNE BONNE ÉDUCATION SANS ÊTRE TROP LAXISTE AVEC ELLE...

DÉPÊCHE-TOI ! RENTRE VITE !
C'EST HORRIBLE !
CHISA...
EST COUVERTE DE BLESSURES... ?
OUI...
ET... LA...
LA CAUSE DE TOUT ÇA, C'EST...
MAIS JE SUIS AU COURANT, CHIAKI !
?!
PAPA ?!
SI TU SAIS, ALORS POURQUOI... ?!

AVEC QUI TU PARLAIS ?
À TA MORT, TON ÂME AUSSI SERA PRÉCIPITÉE AUX ENFERS...
QUE FAIRE ? J'AI TROP PEUR, JE N'Y ARRIVE PAS...
MAIS SI JE NE FAIS RIEN, CHISA VA...
DRRRRRING
CHIAKI, TU ES À LA MAISON ?
PAPA !
JE VIENS DE QUITTER LE TRAVAIL, JE RENTRE BIENTÔT...

PRENDS CECI !
SI TU ÔTES CE FIL, LE PACTE SERA SCELLÉ...
ET L'ÊTRE QUE TU HAIS SERA IMMÉDIATEMENT ENVOYÉ AUX ENFERS.
MAIS...
DEUX TOMBES POUR UNE MALÉDICTION...
JE PEUX ACCOMPLIR TA VENGEANCE, MAIS EN ÉCHANGE, À TA MORT, TON ÂME AUSSI SERA PRÉCIPITÉE AUX ENFERS.
BDUM
RÉFLÉCHIS BIEN !
CHIAKI !
GULP

TU M'AS APPELÉE.
"APPELÉE"... ? CE N'EST PAS POSSIBLE... ?!
LA FILLE DES ENFERS... ?!
JE VOIS...
QUE TU HÉSITES ENCORE.
TU TE DEMANDES SI CE QU'A DIT TA SŒUR EST VRAI...
SI CETTE FEMME DOIT VRAIMENT ÊTRE ENVOYÉE EN ENFER...

J'ÉTAIS PERSUADÉE QUE C'ÉTAIT QUELQU'UN DE BIEN...
JE N'ARRIVE PAS À CROIRE QUE PENDANT TOUT CE TEMPS, ELLE A BRUTALISÉ CHISA...
TU CONNAIS LE SITE DU "COURRIER DES ENFERS" ?
00 : 00 : 00
地獄通信
J'Y SUIS !
C'EST LE SITE !
JE NE LA LAISSERAI PLUS FAIRE DU MAL À CHISA !
ENVOYEZ YURIE SAIJÔ EN ENFER, S'IL VOUS PLAÎT !
ENVOI
!!
FLASH

CHISA...
D'OÙ VIENNENT TOUTES CES BLESSURES... ?!
ELLE EST COUVERTE DE BLEUS ET D'ÉGRATIGNURES...
J'ARRÊTE PAS DE TE DIRE...
QUE YURIE EST MÉCHANTE AVEC MOI !
CHISA... !
JE L'AI DIT À PAPA MAIS IL NE VEUT PAS ME CROIRE...
ELLE VA ME TUER !

C'EST...
C'EST YURIE QUI A DIT QUE J'ÉTAIS DANS SES JAMBES ET QUE JE DEVAIS SORTIR...
CHISA...
LAQUELLE DES DEUX DIT LA VÉRITÉ... ?
AH...
JE VAIS DÉFAIRE TES BOUTONS POUR PRENDRE TA TEMPÉRATURE.
プチプチ
TSIC TSIC
?!

CHISA A TOUJOURS ÉTÉ LE BÉBÉ DE MAMAN, ALORS JE SUPPOSE QU'ELLE A DU MAL À ACCEPTER LA PRÉSENCE D'UNE INCONNUE À LA MAISON, MAIS...
QU'ELLE AILLE AUSSI LOIN, C'EST...
KOFF KOFF
ÉCOUTE, CHISA...
TU VEUX BIEN ARRÊTER DE DIRE DES BÊTISES ?
CHISA ?
MAIS TU AS DE LA FIÈVRE !
JE SUIS DÉSOLÉE, YURIE.
JE VAIS LA VEILLER, VOUS POUVEZ ALLER VOUS COUCHER.
VRAIMENT ?
S'IL Y A QUOI QUE CE SOIT, APPELEZ-MOI, D'ACCORD ?
CLAC
C'EST PARCE QUE...
TU ES SORTIE SANS MANTEAU, ÇA !

BAH ?
POURQUOI Y A-T-IL DE LA LUMIÈRE DANS LA CHAMBRE DE PAPA... ?
CHISA ?
M'ENFIN !
QU'EST-CE QUE TU FAIS ? TU N'AS PAS LE DROIT DE JOUER AVEC L'ORDINATEUR DE PAPA !
TU NE SAIS MÊME PAS T'EN SERVIR, CHISA !
CHIAKI...
TU CONNAIS LE SITE DU "COURRIER DES ENFERS" ?
C'EST LE SITE...
OÙ ON ENTRE LE NOM D'UNE PERSONNE POUR EN ÊTRE VENGÉ ?
VOUI.
ÉCRIS LE NOM DE YURIE !
JE VEUX QUE LA FILLE DES ENFERS LA PUNISSE !

JE SUIS DÉSOLÉE... JE L'AI FAIT TOMBER EN FAISANT LE MÉNAGE...
ET POUR ÉVITER QUE QUELQU'UN SE BLESSE, JE L'AI RANGÉE EN ATTENDANT DE RACHETER UN NOUVEAU CADRE... C'EST DONC CHISA QUI A DÛ LA PRENDRE !
QUOI... ?
AH BON... ?
JE SUIS DÉSOLÉE.
JE N'AURAIS PAS DÛ VOUS POSER LA QUESTION...
GULP
CHISA !
POURQUOI TU M'AS MENTI ?!
JE N'AI...
PAS MENTI !
BAM
CHISA...
CE N'EST POURTANT PAS LE GENRE À DIRE DES MENSONGES...
QU'EST-CE QUI LUI ARRIVE ?
CHIAKI...
POURRIEZ-VOUS APPELER CHISA ?
OUI !

CHIAKI...
TIENS...
LE VERRE EST BRISÉ...
WAP
QUI T'A PERMIS DE TOUCHER À ÇA ?!
ELLE EST CASSÉE, MAINTENANT !
C'EST PAS MOI !
C'EST YURIE QUI L'A JETÉE À LA POUBELLE !
ALORS...
JE L'AI PRISE POUR QU'ELLE NE LA JETTE PLUS !
QU'EST-CE QUE C'EST QUE CETTE HISTOIRE... ?
QU'EST-CE QUE ÇA VEUT DIRE ?!
QUOI ?
MOI ? JETER LA PHOTO ?

MERCI !
TSAC
QUELLE CHANCE !
ELLE A L'AIR VRAIMENT GENTILLE.
WAOUH
VOUS AVEZ MÊME FAIT LE MÉNAGE DANS MA CHAMBRE !
BAH... ?
LA PHOTO DE MAMAN QUE J'AVAIS LAISSÉE SUR MON BUREAU N'EST PLUS LÀ... ?
HEIN ? C'EST IMPOSSIBLE !
YURIE L'AURAIT RANGÉE QUELQUE PART ?
CHIAKI...

JUSQU'À PRÉSENT, VOTRE PÈRE DEVAIT CONFIER CHISA À DES VOISINS LORSQU'IL S'ABSENTAIT POUR SON TRAVAIL, N'EST-CE PAS ?
C'EST POURQUOI IL M'A ENGAGÉE AU PAIR, IL Y A UN MOIS.
PAS VRAI, CHISA ?
ひくっ
GULP
NON !!
ぱっ
PAF
CHISA ?!
JE SUIS DÉSOLÉE.
ELLE A TOUJOURS ÉTÉ TRÈS TIMIDE...
ÇA NE FAIT RIEN.
JE PENSE QU'ELLE NE S'EST JUSTE PAS ENCORE HABITUÉE À MOI.
LAISSEZ-MOI M'OCCUPER DE TOUT POUR LA MAISON...
ET CONCENTREZ-VOUS SUR VOS ÉTUDES !

GWIP
...
VOUI...
CHISA... ?
JE SUIS RENTRÉE !
BIENVENUE À LA MAISON !
TSAC
AH... PAPA EST EN VOYAGE D'AFFAIRES...
EUH...
HEIN... ?
QUI EST-CE... ?
OH, CHIAKI, VOTRE PÈRE NE VOUS A RIEN DIT ?
JE M'APPELLE YURIE SAIJÔ, JE SUIS UNE AIDE À DOMICILE.
SOURIRE

JE SUIS ENFIN ARRIVÉE !
CHISA... EST-CE QU'ELLE EST SAGE ET...
RESPECTE LES DERNIÈRES VOLONTÉS DE MAMAN... ?
AH !
CHISA !
CHIAKI !
C'EST INCROYABLE, ÇA !
TU ARRIVES À FAIRE DU VÉLO À ROULETTES, MAINTENANT ?!
CÂLIN
AAAH
MAIS TU ES GLACÉE ! RENTRONS VITE À LA MAISON !

GATAN
GATAN
QUAND JE SERAI À LA MAISON...
IL FAUDRA QUE J'AILLE ME RECUEILLIR SUR LA TOMBE DE MAMAN.
AAH
MAMAN... MAMAN...
NE MEURS PAS !
OUIIIN
ÇA FERA UN AN QUE MAMAN EST MORTE...
CHIAKI... CHISA... NE PLEUREZ PAS !
MAMAN VOUS ATTENDRA AU PARADIS...
ET POUR QU'ON SE RETROUVE UN JOUR AU PARADIS... VIVEZ AVEC HONNÊTETÉ ET DROITURE...
JE FAIS MA SCOLARITÉ DANS UN INTERNAT, LOIN DE MA FAMILLE.

COLLÈGE DORTOIR DES FILLES
CHIAKI !
TU PRENDS LE TRAIN DE QUELLE HEURE POUR RENTRER DEMAIN ?
EUH... CELUI DE 7 H ?
IL FAUT DEUX HEURES POUR ALLER JUSQUE CHEZ MOI.
AH OUI ?
ÇA VEUT DIRE QUE, MÊME SI TU RENTRES POUR LE WEEK-END, TU NE POURRAS PAS TE REPOSER TRANQUILLEMENT ?
C'EST UN PEU ÇA.
MAIS COMME À CAUSE DES COURS DE RATTRA-PAGE, JE N'AI PAS PU RENTRER POUR LES VACANCES DE PRINTEMPS, JE N'AI PAS LE CHOIX.

ANALYSE DE L'ŒUVRE ET BÊTISES

(SURTOUT DES ANECDOTES D'ÉCHECS)

CHAPITRE 6 : "L'OMBRE SUR LA GLACE"

LE THÈME, EN GROS, C'ÉTAIT "COUPS BAS ENTRE MEMBRES D'UN MÊME CLUB DE SPORT".
EN RÈGLE GÉNÉRALE, JE NE FAIS NI NE REGARDE DE SPORT (JE NE CONNAIS PRATIQUEMENT AUCUNE RÈGLE), ALORS J'AI RÉUSSI À OBTENIR DE NE PAS FAIRE UNE HISTOIRE SUR LE BASE-BALL.
ET PUIS, LES JEUX OLYMPIQUES APPROCHENT.

DU COUP, J'AI FAIT UNE HISTOIRE DE PATINAGE ARTISTIQUE. MAIS À CETTE ÉPOQUE, COMME J'AVAIS, PAR INADVERTANCE, JETÉ MA TÉLÉCOMMANDE À LA POUBELLE, J'AVAIS DU MAL À REGARDER LA TÉLÉVISION.

QUAND JE FAIS LE MÉNAGE EN COMATANT, CE GENRE DE TRAGÉDIE M'ARRIVE SOUVENT.

CHAPITRE 7 : "UNE FAMILLE"

COMME À CETTE ÉPOQUE, LE NOMBRE DE LECTEURS DE "NAKAYOSHI" A AUG-MENTÉ, JE ME SUIS EFFORCÉE DE FAIRE UNE HISTOIRE "BASIQUE ET FIDÈLE".

PENDANT LA PHASE DE L'ENCRAGE, MON PORTE-PLUME S'EST CASSÉ D'UNE MANIÈRE HORRIBLE, ALORS J'AI DÛ PRENDRE UNE BAGUETTE ET PLANTER MA PLUME DEDANS POUR LE REMPLACER.

J'AI ÉTÉ SIDÉRÉE DE VOIR QUE JE POUVAIS ENCRER TOUT À FAIT NORMALEMENT COMME ÇA.

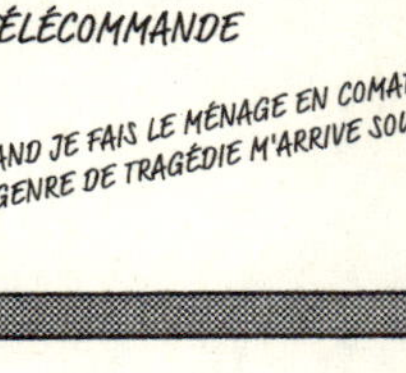

Chapitre 7

UNE FAMILLE

MÊME SI JE DOIS FINIR EN ENFER, JE NE REGRETTE RIEN.
わあああああ
WAAAAAAAH
FÉLICITATIONS, ERI SAITÔ !
TANT QUE NOUS SERONS ENSEMBLE, NOUS N'AURONS PAS PEUR.
SPLENDIDE ! C'ÉTAIT UNE PERFORMANCE PARFAITE !
ELLE A RÉUSSI ! LA PREMIÈRE PLACE SUR LE PODIUM...
REVIENT À LA NOUVELLE ÉTOILE, ERI SAITÔ !

地獄通信
TU AS FAIT LA MÊME CHOSE QUE MOI, MARIE.
BIEN SÛR !
S'IL VOUS PLAÎT, ENVOYEZ AZUSA SAEKI EN ENFER !
JE PEUX ACCOMPLIR VOTRE VENGEANCE, MAIS EN ÉCHANGE...
À VOTRE MORT, VOTRE ÂME SERA CONDAMNÉE À ERRER EN ENFER.
DEUX TOMBES POUR UNE MALÉDICTION...
ET CECI EST LA MARQUE QUI SCELLE CE PACTE...

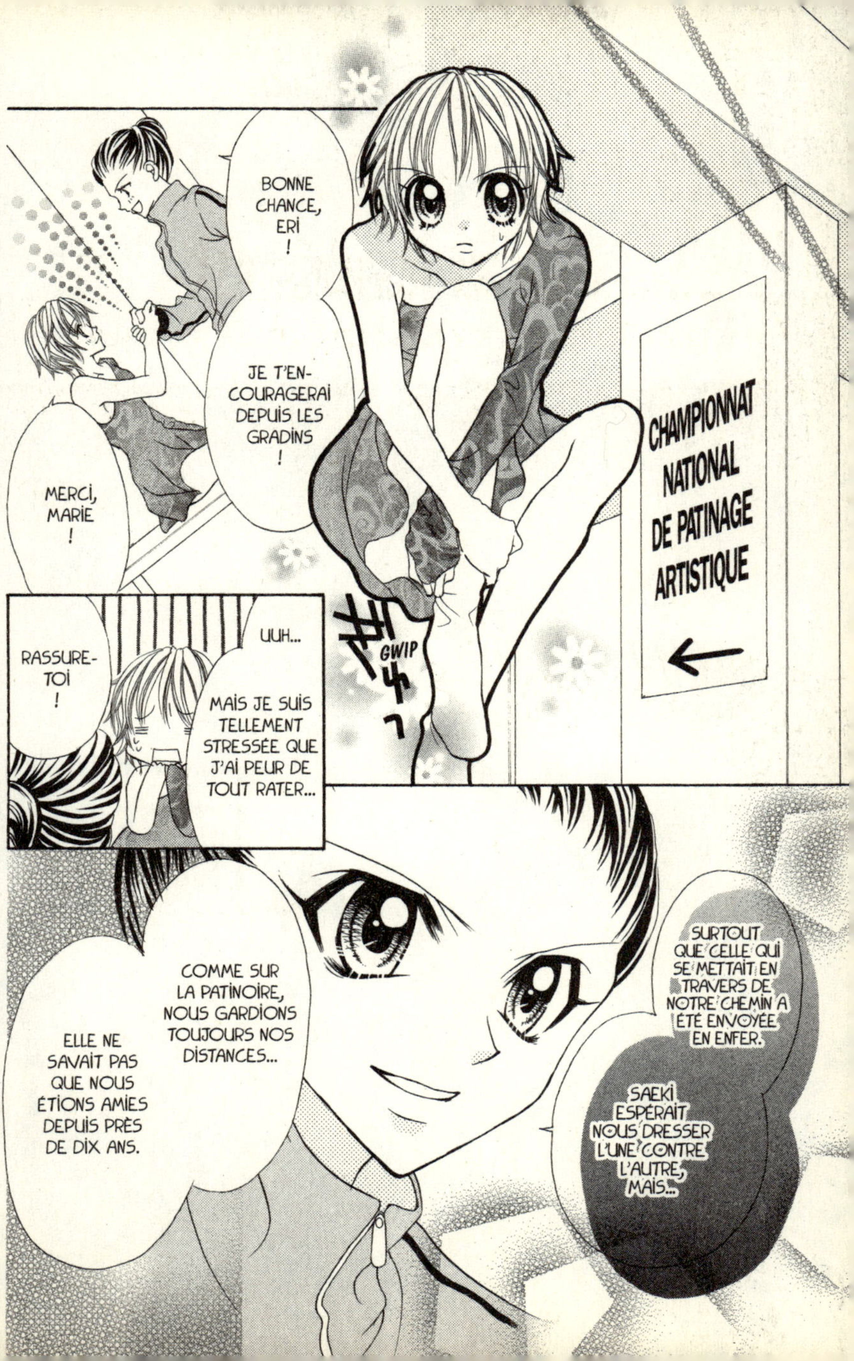
CHAMPIONNAT NATIONAL DE PATINAGE ARTISTIQUE
BONNE CHANCE, ERI !
JE T'EN-COURAGERAI DEPUIS LES GRADINS !
MERCI, MARIE !
GWIP
UUH...
MAIS JE SUIS TELLEMENT STRESSÉE QUE J'AI PEUR DE TOUT RATER...
RASSURE-TOI !
SURTOUT QUE CELLE QUI SE METTAIT EN TRAVERS DE NOTRE CHEMIN A ÉTÉ ENVOYÉE EN ENFER.
SAEKI ESPÉRAIT NOUS DRESSER L'UNE CONTRE L'AUTRE, MAIS...
COMME SUR LA PATINOIRE, NOUS GARDIONS TOUJOURS NOS DISTANCES...
ELLE NE SAVAIT PAS QUE NOUS ÉTIONS AMIES DEPUIS PRÈS DE DIX ANS.

CE... CE N'EST PAS POSSIBLE...
ALORS, LE NOM QU'ELLES ONT ENTRÉ SUR LE SITE, C'ÉTAIT...

HUFF ! HUFF !
JE SUIS SAUVÉE...
?!
HÉ...
OÙ EST-CE QUE TU M'EMMÈNES COMME ÇA ?!
JE TE L'AI DIT, EN ENFER...
LES DEUX AUTRES FILLES TE FONT DIRE...
"LA PROCHAINE FOIS, NOUS FERONS UNE COMPÉTITION ÉQUITABLE EN ENFER."

KYAAAAAAAH
SPLASH
BLOUB
BLOUB
BLOUB
AAH ! C'EST QUOI, ÇA ?!
JE VAIS ME NOYER !
SPLASH

VEUX-TU... GOÛTER À LA MORT ?
CRIIC

QUE CELLE QUI VA ALLER EN ENFER...
C'EST TOI ?
QU...
QUOI... ?
PAUVRE OMBRE ÉGARÉE DANS LES TÉNÈBRES...
TU FAIS LE MAL ET MÉPRISES TON PROCHAIN... TON KARMA EST SOUILLÉ PAR LE CRIME...

QUOI ? C'EST TOI QUI AS FAIT ÇA... ?!
TOUS CEUX QUI SE METTENT EN TRAVERS DE MA ROUTE...
JE LEUR FERAI SUBIR LE MÊME SORT QU'À SAITÔ ET ISHIZUKA, JE LES ENVERRAI EN ENFER !
VOUS AVEZ ENTENDU...
MADEMOISELLE ?
FWUP
HEIN... ?!
TU N'AS PAS ENCORE COMPRIS...

PLOC
SI TU N'ES PAS MOTIVÉE, TU FERAIS MIEUX DE SORTIR DE LA PATINOIRE !
Hii !
Hiii !
ALLEZ, QUOI ! GLISSE !
COMME ÇA...
JE SERAI LA NUMÉRO UN ! ♡

ギャー
AAAAAAH
C'EST POUR REMPLACER LES BOUQUETS !
ATTRAPE !

モゾ
TSIC
モゾ
TSIC
Hiii ?!
N...
NON !
ばっ
BAM
C'EST QUOI TOUS CES INSECTES... ?
D'OÙ SORTENT-ILS... ?!
クス
HI
クス
HI
クス
HI
クス
HI

YOUPI, J'AI RÉUSSI !
SILENCE
HEIN ?
PAS D'APPLAUDISSEMENTS ?!
C'EST BIZARRE !
ZAAASH
LES SIÈGES DES SPECTATEURS SONT PLONGÉS DANS L'OBSCURITÉ...
SANS MÊME PARLER D'APPLAUDISSEMENTS, JE NE SENS AUCUNE PRÉSENCE ICI... ?!
TSIC

J'AI RÉUSSI... !
JE PARTICIPE AU CHAMPIONNAT !
CLUB DE PATINAGE ARTISTIQUE ORIUCHI...
AZUSA SAEKI !
BWAAH
BWAAH
FWAP
?!
QUOI... ?! QU'EST-CE QUE C'ÉTAIT... ?
AH
MINCE, IL FAUT QUE JE ME CONCENTRE !
SHAAA

LA COMPÉTITION A DÉJÀ COMMENCÉ...
OÙ EST SAITÔ ?!
TAP TAP TAP
JE N'ARRIVE PAS NON PLUS À JOINDRE SA REMPLAÇANTE, ISHIZUKA !
ÇA VA BIENTÔT ÊTRE LEUR TOUR...
QU'EST-CE QU'ON FAIT, ENTRAÎNEUR ?!
ÇA A FONCTIONNÉ !
ELLES SE SONT ENVOYÉES MUTUELLEMENT EN ENFER !
SAEKI !
TU TE SENS CAPABLE D'Y ALLER ?!
OUI !

COMME ÇA, JE SERAI LA NUMÉRO UN !
あははははは
HA HA HA HA
HA HA
QU'EST-CE QUE ÇA VEUT DIRE ?
CHAMPIONNAT NATIONAL DE PATINAGE ARTISTIQUE
←

地獄通信
J'ACCOMPLIRAI VOTRE VENGEANCE.
ALLEZ-Y, ENVOYEZ-VOUS MUTUELLEMENT EN ENFER !
ENVOI

00 : 00 : 00
TU CONNAIS LE "COURRIER DES ENFERS" ?
ELLES LE FONT TOUTES LES DEUX...
ISHIZUKA

MAINTENANT QUE J'Y PENSE... J'AI VU SAITÔ PARTIR D'ICI EN COURANT...
HEIN ?
MAIS NON... SAITÔ NE FERAIT JAMAIS UNE CHOSE PAREILLE...
ÇA NE M'AMUSE PAS DE L'ACCUSER, MAIS...
ELLE A L'AIR D'ANGOISSER À L'IDÉE QUE TU LUI VOLES LA VEDETTE...
MAIS CE N'EST PAS UNE RAISON !
J'AURAIS PU MOURIR !
DIS...

BAM
HUH !
CRASH
SAEKI...
KOF
ISHIZUKA !
QU'EST-CE QUI SE PASSE ?!
CETTE ODEUR... IL Y A UNE FUITE DE GAZ ?!
VITE ! PAR ICI !
J'ÉTAIS REVENUE CHERCHER MES AFFAIRES, MAIS LA PORTE ÉTAIT FERMÉE À CLÉ...
QUI A BIEN PU FAIRE ÇA ?
JE NE SAIS PAS !
KOF KOF

ÎL Y A UNE FUITE DE GAZ... ?!
IL FAUT QUE JE SORTE D'ICI !
TAP
TSAC
C'EST FERMÉ À CLÉ... !
?!
QUEL-QU'UN...
ÎL Y A QUEL-QU'UN ?!
BAM
BAM
KOFF
KOFF

C'EST QUE C'ÉTAIT BIEN ELLE, LA COUPABLE !
ZAAASH
PFF
JE VAIS FAIRE UNE PAUSE.
VESTIAIRE
SHUUU
MH... ?
C'EST QUOI, CETTE ODEUR... ?

ALORS LES FILLES DE TOUT À L'HEURE, CE SERAIENT ELLES AUSSI QUI... ?!
MAIS C'EST HORRIBLE...
OH, CE N'EST QU'UNE RUMEUR...
MAIS C'EST VRAI QUE SI TU ÉTAIS HORS-JEU, ISHIZUKA POURRAIT PARTICIPER AU CHAMPIONNAT.
QUOI ?!
ISHIZUKA ?!
DIS...
TU CONNAIS LE "COURRIER DES ENFERS" ?
HEIN ? EUH...
LE SITE OÙ ON PEUT ENVOYER QUELQU'UN EN ENFER RIEN QU'EN Y ENTRANT SON NOM... ?
OUI, CE SITE !
SI... TU Y INSCRIS LE NOM D'ISHIZUKA...
ET QUE LE HARCÈLEMENT DONT TU ES VICTIME CESSE...

VESTIAIRE
JE N'AI RIEN DIT PARCE QUE JE NE VOULAIS INQUIÉTER PERSONNE, MAIS...
ÇA FAIT PLUSIEURS JOURS QUE QUELQU'UN ME HARCÈLE.
SOURIRE
ON M'A DÉCHIRÉ MES VÊTEMENTS...
MIS DES INSECTES DANS MES PATINS...
DES MÉTHODES SI LÂCHES...
C'EST IMPARDON-NABLE... !
SAITÔ...
ÇA ME GÊNE DE TE DIRE ÇA, MAIS...

OH, PARDON !
TU L'AS PRIS DANS L'ŒIL ?
ARRÊTEZ...
ALLEZ, QUOI ! GLISSE !
SI TU N'ES PAS MOTIVÉE, TU FERAIS MIEUX DE LAISSER TOMBER !
QU'EST-CE QUE VOUS FAITES ?!
BAM
SAEKI...
GRR
SI VOUS NE SORTEZ PAS TOUT DE SUITE D'ICI... J'APPELLE QUELQU'UN !
BOUH, J'AI PEUR !
ALLONS-NOUS-EN !

クス
HI
クス
HI
QU... ?
KYAAAAH !
CRASH
BAH QUOI ? ON LANCE SOUVENT DES BOUQUETS SUR LA PISTE !
MAIS ON N'EN A PAS TROUVÉ !
ATTRAPE !
NON...
STOP !
ARRÊTEZ...
CRASH

DITES DONC...
QUI ÊTES-VOUS ?
AH, T'OCCUPE PAS DE NOUS ! CONTINUE !
... ?
DES SPECTATRICES... ? ELLES SONT QUAND MÊME TRÈS DÉSAGRÉABLES.
QU'EST-CE QU'ELLES VEULENT... ?
WHOOSH

VU COMME C'EST PARTI, L'UNE D'ELLES VA REMPORTER LE CHAMPIONNAT NATIONAL, C'EST SÛR !
OUI ! J'AI HÂTE D'Y ÊTRE !
JE VAIS COM-MENCER PAR TOI, SAITÔ !
AU REVOIR !
AU REVOIR !
BYE BYE !
SAITÔ, TU NE RENTRES PAS ?
NON.
JE VAIS RESTER M'ENTRAÎNER ENCORE UN PEU.
SHAAA
BLA BLA

CLUB DE PATINAGE ARTISTIQUE ORIUCHI
SHAAAA
ZAAASH
SAÎTÔ ET ÎSHIZUKA...
ONT L'AIR REMONTÉES À BLOC !

SCÈNE DE MISE AU POINT

ET LÀ, IL POURRAIT DIRE : "JE VAIS TOUCHER LE PACTOLE !"

ELLE POURRAIT CONTRE-ATTAQUER EN DISANT : "SI ELLE EST ASSEZ BÊTE POUR SE FAIRE AVOIR, C'EST SA FAUTE."

ON POURRAIT PEUT-ÊTRE INTÉGRER UNE IMAGE OÙ ON LE VOIT COMPTER DE L'ARGENT LIQUIDE ?

COMMENT ON VA DÉVOILER SES MAUVAISES ACTIONS ?

C'EST UN BRAIN-STORMING QU'ON A DU MAL À CROIRE LIÉ À UN MANGA D'UN MAGAZINE POUR JEUNES FILLES COMME "NAKAYOSHI"* !

* MAGAZINE MENSUEL DE PRÉBUBLICATION DE SHÔJO ÉDITÉ PAR KODANSHA AU JAPON.

LA FILLE DES ENFERS... ? C'EST QUI, ÇA ?
TU NE CONNAIS PAS ?
SI TU TE CONNECTES AU SITE DU "COURRIER DES ENFERS" À MINUIT PILE, ET SI TU Y ENTRES LE NOM D'UNE PERSONNE QUE TU DÉTESTES...
LA FILLE DES ENFERS VIENDRA LA CHERCHER POUR L'EMMENER AVEC ELLE !
LA FILLE DES ENFERS ...
ÇA VEUT DIRE QUE SI J'ENTRE LEURS NOMS SUR CE SITE...
JE POURRAIS ENVOYER SAITÔ ET ISHIZUKA EN ENFER... ?!
AAAH... MAIS JE ME DEMANDE SI ON N'EST PAS LIMITÉ À UN SEUL NOM ?
EN PLUS, J'AI ENTENDU DIRE QUE SI ON LUI DEMANDE D'ENVOYER UNE PERSONNE EN ENFER, EN ÉCHANGE, ON Y EST PRÉCIPITÉ SOI-MÊME QUAND ON MEURT.
ÇA FAIT PEEUR !
AAAAH
TU PARLES D'UNE AIDE...
MÊME SI J'ÉLIMINE SAITÔ, ÇA NE FERA QUE PROPULSER SA REMPLAÇANTE, ISHIZUKA, EN PREMIÈRE PLACE.
IL N'Y AURAIT PAS UNE AUTRE SOLUTION... ?

GAME
AZUSA !
POURQUOI TU ES ÉNERVÉE COMME ÇA ?
IL PARAÎT QU'ELLE S'EST FAIT BATTRE PAR UNE FILLE D'UN AN DE MOINS !
BEUH, LA PAUVRE !
BOUCLEZ-LA !
SI VOUS TROUVEZ VRAIMENT QUE JE SUIS À PLAINDRE, ALLEZ COGNER CES DEUX IDIOTES POUR QU'ELLES NE PUISSENT PAS PARTICIPER AU CHAMPIONNAT !
EUH... POUSSE PAS TROP, QUAND MÊME !
C'EST UN CRIME, ÇA !
MAIS BON, SI TU VEUX QU'ON LES EMBÊTE JUSTE UN PEU, ÇA C'EST FAISABLE !
SINON, PLUTÔT QUE DE NOUS DEMANDER À NOUS...
TU PEUX TOUJOURS VOIR ÇA AVEC LA FILLE DES ENFERS !
JE NE PEUX PAS COMPTER SUR CES IDIOTES...

TOUT ÇA PARCE QUE, JUSTE CETTE FOIS-CI, JE N'ÉTAIS PAS EN FORME...
JE N'AIME PAS LES FAUSSES EXCUSES !
TU ES BIEN PLACÉE POUR SAVOIR QUE, DANS LES COMPÉTITIONS, LA VICTOIRE SE JOUE SUR UNE SEULE PERFORMANCE !
HUH
ET JE SUIS AU COURANT QUE CES DER-NIERS TEMPS TU SÈCHES L'ENTRAÎNEMENT POUR ALLER T'AMUSER !
PROFITE DE CETTE LEÇON POUR TOUT REPRENDRE À ZÉRO !
C'EST INJUSTE...
J'AI OBTENU MA RECOMMANDATION POUR ENTRER AU LYCÉE SOUS RÉSERVE DE MA PARTICIPATION AU CHAMPIONNAT NATIONAL ET JE NE VAIS MÊME PAS FAIRE PARTIE DE L'ÉQUIPE...
C'EST INACCEP-TABLE !

ERI SAITÔ QUI S'EST CLASSÉE PREMIÈRE CETTE FOIS-CI...
ET EN REMPLAÇANTE, MARIE ISHIZUKA.
VOILÀ, CE SONT LES DEUX FILLES QUI REPRÉSENTERONT NOTRE CLUB DE PATINAGE.
CLAP
CLAP
CLAP
QUOI... ?!
ENTRAÎNEUR !
BAM
QU'Y A-T-IL, SAEKI ?
VOUS AVEZ VOUS-MÊME RECONNU MON TALENT !
ALORS JE NE COMPRENDS PAS POURQUOI VOUS M'ÉLIMINEZ DE L'ÉQUIPE !

MINCE... !
SHAAA
DEUX FAUTES PAREILLES DANS UNE COMPÉTITION AUSSI IMPORTANTE...
VOICI LES RÉSULTATS... PREMIÈRE PLACE : ERI SAITÔ. DEUXIÈME PLACE : MARIE ISHIZUKA...
LA FAVORITE, AZUSA SAEKI, FINIT À LA CINQUIÈME PLACE.
À PRÉSENT, JE VAIS DÉSIGNER CELLES QUI PARTICIPERONT AU CHAMPIONNAT NATIONAL JUNIOR.
OOH
J'AI ÉCHOUÉ CETTE FOIS-CI MAIS, JUSQU'À PRÉSENT, J'AI TOUJOURS ÉTÉ LA MEILLEURE DANS TOUTES LES AUTRES COMPÉTITIONS.
BDUM
ÇA DEVRAIT ALLER...

PATINAGE ARTISTIQUE JUNIOR DE TOKYO
OOOH
ZASH
AZUSA SAEKI VIENT DE FAIRE UNE CHUTE !
C'EST LA DEUXIÈME RÉCEPTION QU'ELLE MANQUE AUJOURD'HUI !

UN PETIT BONJOUR !

BONJOUR, JE SUIS MIYUKI ETÔ.

MERCI DU FOND DU CŒUR D'AVOIR ACHETÉ LE TOME 2 DE "LA FILLE DES ENFERS".

DANS LE TOME 1, J'AVAIS FAIT ABSTRACTION DU "SI TU ÔTES LE FIL QUI ENTOURE LA POUPÉE DE PAILLE, LE PACTE SERA SCELLÉ" DU DESSIN ANIMÉ, MAIS À PARTIR DU CHAPITRE 7, J'AI INTÉGRÉ CE SYSTÈME DANS L'HISTOIRE.

POUR L'INSTANT, JE TÂTONNE.

LA DIFFUSION DE LA DEUXIÈME SAISON DU DESSIN ANIMÉ VIENT D'ÊTRE PROGRAMMÉE, JE SUIS IMPATIENTE DE LA VOIR.

J'ESPÈRE QUE VOUS CONTINUEREZ À SUIVRE L'ANIME ET LE MANGA DE "LA FILLE DES ENFERS".

Chapitre 6

L'OMBRE SUR LA GLACE

Miyuki Etô

D'après l'œuvre originale
de "Jigoku Shôjo Project"

La Fille des Enfers

Jigoku Shôjo

2